光文社文庫

傑作推理小説

高台の家

松本清張プレミアム・ミステリー

松本清張

KOBUNSHA

光　文　社

目次

高台の家

1

山根辰雄《やまねたつお》は、東京の或る大学に法制史の教師としてつとめ、同じく講師として他の二つの大学にも出講している。

山根が東洋史に関心があるのは、もちろん日本の古代法制が中国の古い制度と密接な関係をもっているからである。法制史家がたいてい東洋史に通じているのはそのためだ。

それらはほとんど漢籍から研究されているのだが、山根の視点は少し変わっていて、外国から見た東洋研究というのにあった。学問の世界も、他の分野がそうであるように、常道的なことをやっていたのでは先学の地層下にあって目立たない。つまり盲点を狙ったほうが効果的だが、山根の場合は、本来のものから少しく外れているので多分に趣味的といえる。さて、外国の東洋文献では、やはり中国と領土を接したソ連の研究書に特色がある。イギリスやフランスにも東洋史書は多数あるが、特殊性となると、「立ち遅れ」を言われながらも、やはりロシア時代の文献にある。漢書や魏志に出る「西域」の匈奴《きょうど》・烏孫《うそん》・康居《こうきょ》・大宛《だいえん》・奄蔡《えんさい》といった国々がすべて現在のソ連領であるのは知られている通りだが、この接地的な伝統は十九世紀ロシアの東洋研究によくあらわれている。

——山根は、古本屋を五、六年前から丹念に歩いて、ロシアの東洋研究書を漁《あさ》ってきたのだが、こういうものは非常に数が少ない。英仏語ならともかく、ロシア語で書かれているから日本にはあまり入ってないのだ。山根自身は父親が外務省にいてロシア語の通訳もしていたので、ロシア語はその手ほどきをうけ、自分も勉強して読み書きはできる。ロシアの東洋研究も父親が外務省資料で不要になって持ち帰った書物から興味をおぼえたのである。

山根は横浜とか神戸とかに出かけてそうした古本を漁ったのだが、そのうちに東京で見つかるもので、FUKURA の蔵書印のあるものにたびたび遇《あ》うようになった。西洋の蔵書票を日本式の木版印形にした恰好で、楕円形にローマ字が入り、飾りといっては上下の空間に星が付いているだけである。素人の手彫りというのは一目でわかり、楕円形の線も文字も不揃いで、なかには線が切れたところもあるのだが、その稚拙に妙な雅味《がみ》がある。朱印の色はそう古くない。フクラというのは珍しい姓だが、福浦または福良とでも書くのだろうか。

その蔵書印のあるロシアの東洋研究書は、ロシア帝国考古学協会東洋支部誌、ロシア帝国学士院報、東洋学論叢、モスクワ地理学協会誌とかいったものにまじって「カザン県居住異教徒誌」とか「第一回中央アジア旅行記＝クリヂャより天山を越えてロブ・ノールへ」とか「第四回中央アジア旅行記＝キャフタから黄河水源へ至り、西蔵《チベット》の北境踏破」といった探検記も入っている。それも一八九五年とか一九〇二年とかの出版である。

惜しいことにどの冊子もまとまっていない。あそこの一軒、ここの一軒からばらばらに出てくるというのではなく、もともと旧蔵書者が揃えて入手したものでないことがわかる。山根はフクラの蔵書印のある本が蒐《あつ》まってくるうちに、その当人がどんな人か知りたくなった。彼は自分でこの好奇心を森鷗外が「澀江《しぶえ》抽斎《ちゅうさい》」を書く動機に比べてみたりした。鷗外は武鑑を蒐集《しゅうしゅう》するうちに弘前医官澀江蔵書記という朱印のある本にたびたび出会い、未だ知らぬ抽斎に興味をもった。山根は小説家ではないが、同好の先学者に対する親近感は同じである。

山根は、フクラ旧蔵書をいちばん余計に持っていた――といっても十冊そこそこだが――神田の洋書を専門とする古書店「海辞堂」に行って主人に会い、本の出た事情を聞いた。

主人の話ではフクラとは「深良」という姓の人で、港区南麻布五丁目の広い家に住んでいる。だが、この書籍類の所有者はすでに死亡している。そのために蔵書が整理に出されたのだがロシア語のためあまり売れない。それで東洋史の本を扱っている同業にも頒《わ》けたのだが、そこでも漢籍の間に入って埃《ほこり》をかぶっているようだと主人は語った。山根がほうぼうの古本屋から二冊、三冊とフクラ蔵書を買えた理由がそれでわかった。

さらに海辞堂の話によると、二年前に死んだ深良という人は二十六歳だったそうだが、その両親は健在である。少なくともこれらの本を屋敷にもらいに行ったときは健在だった。だから今も変わりないだろう。父親というのは当時、五十半ばの年齢にみえた。いくつかの会社の役員をしていたが、身体が弱いので一切を退《ひ》いて、何もしないでいる。株はずいぶん持っているということで、遊んでいても気楽に暮らせるらしい。麻布の屋敷も庭を含めて千坪に近いように思われる。先代のきずいた財産をうけついだというが、財産税をとられてもあれだけ残っているのだから、たいしたものだ、と古書店の主人は言った。

店主はまた話した。当主は顔が長く、半白の髪を広い額の上にきれいに分けていた。眼が大きく鼻が肥え、口がひろい。鼻の両脇から唇の端にかけた皺《しわ》も深い。要するに顔の造作がひとまわり大きく、それだけに背丈が六尺近くもあって、骨太《ほねぶと》である。だが、顔色は黄疸《おうだん》を患《わずら》っているように黄色く、猫背で、足もとを気をつけるように小刻みに歩く。スリッパもしっかりはいてなく、脱げそうである。あれは何か持病があって、そのための虚弱にちがいない。

息子の本を出したのは、この父親ではなく、母親のほうである。四十七、八にみえたが、この婦人も背が高かった。ほっそりした痩せ身の、華奢《きゃしゃ》な感じである。頤《おとがい》が少し長いけれど、眼が細く、鼻筋が徹《とお》っていて、美人ではないが、上品な感じである。二年前に二十六歳の息子を失った母親にしては若すぎて見えるけれど、早く結婚して十九か二十くらいに子をもったのかもしれない。とにかく、この母親のほうがこれだけの物を持って行ってくれと奥から本を出したうえ値段もきめた。父親は途中で一度のぞきにきただけで、それも黙って出て行った。

ただ、そこには二十七、八くらいの女がいて、母親は売る本を彼女に相談するように見せていた。まる顔の、華やかな容貌《かおだち》で、両親とは少しも似ていない。果たして娘ではなく、死んだ息子の嫁であった。いまは若い未亡人である。姑と嫁の言葉はていねいである。そのほかに家族は見当たらなかった。

——海辞堂の主人はこういう話を山根に聞かせて、手帖を繰《く》り、当主が深良英之《ふくらえいの》輔《すけ》という名であることと住所番地、電話番号を教えた。

山根は海辞堂で聞いた旨を冒頭に書いて、故令息の蔵書で、ロシアの東洋研究の本でまだ保存されているものがあれば拝見できないものだろうかという問合わせの手紙を深良英之輔あてに出した。一週間くらいして深良英之輔からの返事がハガキで来た。とにかくお出かけください、当方は暇な身体だからいつでもよろしい、と枯れた筆書きであった。息子の蔵書はあるともないとも書いてなかった。

あくる日、山根は大学から深良家に電話した。いつでも来いという回答だが、礼儀として訪問の日時を訊《き》くためだった。山根は明日の午後三時ごろにしたいと思った。電話口に出たのは若い女の声で、二、三分待たせて、父はその時間で結構だと申しておりますと伝えた。それで電話の声が海辞堂の主人から聞いた、ロシア東洋研究書の所有者で二年前に死んだ息子の嫁だとわかった。声は澄んでいて、愛嬌があった。この二、三分待たされている間に、はじめから鳴っていた音楽のレコードがつづいていた。山根は音楽のことはわからないが、クラシックでも甘い旋律のようだった。その音楽の間に二人くらいの若い男の低い笑い声がちょっと入った。電話は客間にでも置いてあるのだろうか。わりあいに華やいだ家だなと山根は思った。

山根は区分地図で南麻布の当該番地をさがした。そこは有栖川《ありすがわ》宮記念公園の西側で、ノルウェー大使館だのスイス大使館などが記入されていた。広尾と隣りあった区域である。

秋の午後三時ごろ、山根は果物の手土産をもってタクシーで行った。有栖川公園のわきから西に入った道は高台になっている。学校とか病院とかがあって、西側にまわると、公園を裏から見下ろすバス通りにはノルウェー大使館があった。その横丁をさらに西にむかって折れると、ゆるやかな下り坂になり、それが途中からいくつかの横道になる。

アパートなどもあったが、その一画を通りぬけると大きな洋館ばかりが左右にならぶ静かな通りに出た。門の標札を見るとカタ仮名の外国人の名前が多かった。二車線ぐらいの道は四辻というのが少なく、煉瓦積み式に、一方に折れて突き当たると左右に岐《わか》れる。静かな屋敷町だが、その屋敷というのが南欧風、フランス風、アメリカ風の建築様式の連続で、長い塀もいろいろな意匠で家ごとにつながっている。塀の中には、椰子《やし》が立っているかと思うと、ヒマラヤ杉、ケヤキがあり、モミ、竹、柳、椿などがある。これが奥の白亜とクリーム色の壁を緑に縫っていた。銀杏《いちょう》は少し黄ばんだ程度で、ドウダンは赤かった。

　建物もフランス風な半円形の張出し窓、南欧風な穹窿《きゅうりゅう》型の窓、アメリカ風な直線の窓とさまざまで、いずれも暖房用の煙突《チムニー》が家の外壁に建築的な意匠で付いている。門も鉄柵、樫《かし》材といろいろだった。どの建物も太陽を反射して新しかった。ところどころ日本家屋がはさまっているが、これらは前から建っているもので、二階家の大屋根の横に数寄屋風の構えがつながっていたりしている複雑さだが、木の色も壁の色も古かった。昔ながらの冠木《かぶき》門もある。

　タクシーはそうした横通りをジグザグにひととおり回った。この界隈はすぐに高台の際《きわ》になる。突き当たると必ず谷をはさんで向こう側に高層建築の上辺が見える。谷の斜面は灌木《かんぼく》が生えてきれいに見えるが、近づいてのぞくと石垣に乗った屋根が層々と下に降りている。

　さがし当てた深良家は角地で、門の鉄格子に紋章がはまり、玄関に届くには、十五段ぐらいの赤煉瓦の段を昇る。段の左右はキャラノキが緑の帯を布《し》いていた。見上げると建物はフランス風で白亜とクリーム色が壁違いにあって適度に調和している。層の違う廂《ひさし》ごとに飾りの青い瓦が載《の》っているところはスペイン風の加味であろうか。家はさして大きくないが、引っ込んだ横に和風の建物がつながっていた。庭は裏にあるらしく表からは見えなかった。玄関は厚い樫の扉で、この玄関脇から建物の下をとりまいて芝生のふちどりがあり、奇妙なかたちの石が置いてあった。

ドア・ベルを押すと、澄んだチャイムの音がひびき、まもなく十八くらいの女中が出てきた。山根が名刺を出すと、いったん引っ込んだが、間もなくその名刺を片手に捧げるように持って、赤い色の勝ったスーツを着た若い女が出てきた。まる顔の、化粧の美しいところからして、昨日電話に出たこの家の嫁だと山根は察した。海辞堂から聞いた死んだ息子の未亡人である。山根は、昨日待たされた電話の間に聞いたレコード音楽と男たちの忍び笑いが浮かんだが、未亡人といっても夫が死んで二年も経っている。いつまでも黒い服を着ていると思うほうが間違いであった。

「どうぞ、お上りあそばして」

と、息子の嫁はていねいに言った。日本家屋だったらその場で三つ指を突くにちがいないと思われるくらいだった。

彼女の笑顔には愛嬌が見えた。電話の声もそうだったが、顔にじかに接すると、その愛嬌にはもっと嬌態《コケットリー》めいたものを感じさせた。瞬間だけど、大きな黒瞳《くろめ》をじっとこっちの顔に据えるのである。

通されたのは広い応接間で、壁の洋画だの飾り棚の陶器などが客をゆるやかに包囲するようになっていた。陶器には明《みん》の青磁と、染付唐草や竜濤文《りゅうとうもん》の壺、皿がある。マントルピースの上には唐三彩《とうさんさい》の壺が置いてあった。おそらく真物《ほんもの》だろう。絨毯は緋色の地にモザイク文様を青、黄で浮かしたイラン製のようであった。これが渋い骨董品を浮かし、原色の多い壁の洋画と対応している。趣味は悪くない。が、ここにはステレオが置いてなかった。そういえば隅に電話もなかった。昨日聞いた電話は別の部屋だったのだろう。山根は窓の白い紗のカーテンの目を透かして近くの柳と隣の塀との境にあるヒマラヤ杉とが刺繍模様になっているのを眺めていた。

五分もすると、ドアに軽いノックが聞こえ、開いたところから和服姿の長身の夫婦が佇《たたず》んでいるのが見えた。山根は椅子から立ったが、この家の老主人の長い顔におどろいた。海辞堂から聞いてはいたが、聞きしにまさる馬面であった。

眼はぎょろりと大きく、鼻梁《びりょう》も長ければ鼻と口の間も距離がある。それだけに人中《じんちゅう》が筋になって目立つ。眼袋《めぶくろ》は垂れ、鼻わきの皺は一刀で深く抉《えぐ》ったようであった。なるほど顔色が黄色い。主人は着物の上に黒い袖なしを羽織っていた。

ならんだ夫人は、面長ではあるが、夫からくらべてよほど小さい顔に見えた。茶色っぽい塩沢に濃緑色の帯をしめていた。渋いけれど、色のとり合わせで派手にみえる。髪も濃い。が、眼の上はくぼみ、目立たないけれど、頸《くび》に筋が浮いていた。背はすらりとしている。

主人の深良英之輔は、夫人の介添えで足を少しずつ運び、焦茶色の革椅子に落着いた。夫人が手早く派手なクッションを彼の背に当てがってやる。英之輔は坐っても長身だが、その背を少しくかがめ、しばらく上体をゆらゆらさせた。傍に立った夫人がその肩を抑えて動揺を静止させた。この様子では、英之輔は何から何まで妻の世話を必要とするようであった。

山根の挨拶を英之輔は長い顎を動かして受けた。

「死んだ息子の持っていた本があなたのお手もとに入ったのも何かの縁でしょう」

と、嗄《か》れた声で言ったが、それは身体に似ず細かった。

「ほんとにそうでございます。今日はまたそのことでわざわざおいであそばして、おそれ入ります」

傍の夫人がていねいにおじぎをした。細い眼の上に窪みが翳《かげ》りをつけ、頬もすぼんでいたが、五十に近づいて急速におとずれる容色の衰えに最後の静かな抵抗を試みているといった風情がどこかに見えていた。が、もとよりさきほど一瞥《いちべつ》した息子の嫁の華やかさにくらべると、皮膚の乾きはうすい化粧の下から明瞭に出ていた。

しかし、夫とはたしかに十ぐらいは違うと思われた。

　夫人はこう言った。

「息子は英一《えいいち》と申しまして、二年ほど前に交通事故で亡くなりました。横合から出てきた車を除《よ》けようとして自分の運転する車を街路樹にぶっつけたのでございます。ひとり息子だったものですから、どんなに口惜しかったかわかりません。嫁をもらってから二年そこそこでございました。外語大を出まして、主人が関係している貿易商社につとめさせ、これからが愉しみだというときの夢のような災難でございました。わたくしども夫婦の落胆と失望とは生きてゆく気力もなくしたくらいでございましたの」

「よしなさい」

　英之輔がゆっくりとたしなめた。視線はさっき山根が見ていたカーテン越しの植物にむいていた。

「はい」

　夫人は首をうなだれてうなずき、

「申し訳ございません」

　と、夫にともなく山根に向かうともなく詫びた。

山根は悔みを述べたが、一人息子を失ったともなれば、実際に落胆はひどかっただろうと思った。しかし、二年ほど前に死んだ息子の嫁がまだこの家に残っているのはどういうわけだろう、あの若さだからとっくに実家に帰っていてよいのに、いまだに婚家にとどまっているのは子供でもいるのだろうかと考えた。

山根は初めて訪問していきなり愁傷場面を手伝うのも当惑なので、

「ご子息が外語大をご卒業と伺いまして、はじめて合点がまいりました。いまどき、ああいうロシア語の書物をやたらと読んでいる方はないと思っておりました。それにしても、ご子息は東洋研究にご熱心だったようですが」

と、話を変えた。

英之輔は、しかし、黙然《もくねん》と聞いていた。

「あのう」

と、夫人が横から山根にほほ笑みかけた。

「たいへん申し訳ございませんが、主人は耳がちょっと遠うございまして。失礼でなかったら、もう一度お高い声でおっしゃっていただきたいのでございますけれど、とりあえず、わたくしからお言葉を主人に伝えさせていただいてよろしいでしょうか？」

「はあ。どうぞ、どうぞ。……」

山根がへどもどしていると、嫁が紅茶の盆を捧げて入ってきた。これでその場がいちどきに明るくなった。

2

死んだ息子の嫁は、幸子《ゆきこ》という名であった。深良英之輔が山根に本人を眼の前においてそう紹介したからである。英之輔の妻は、宗子《むねこ》といった。これは英之輔が何か自分の身を世話させたいと望むときに、宗子、宗子と呼ぶから知ったのである。

茶を配った幸子は、そのまま姑の宗子の横に控え目に腰かけて、舅《しゅうと》の英之輔と山根の会話を聞く姿勢になった。義父母の端に遠慮そうに坐っているが、若い顔と服装の色がはなやかなので、山根は自分の視線がともすれば幸子に流れそうで困った。英之輔や宗子に気づかれたらという詰らぬ心配までつきまとう。

山根は応接間の中国の古陶器を眺めて、

「いいものをお集めのようですが」

と、英之輔に言った。初めて訪問した儀礼的な世間話であった。

「いや、とくに集めているというわけではありません。わたしは骨董にあまり趣味がありませんでしてな。これも何となく集まっただけです」

英之輔は重い口で答えた。

「よそさまからの頂きものがございまして」

傍から宗子が補足するように言った。眼蓋《まぶた》の上の翳《かげ》は、きれ長な、細い眼に柔和なアクセントを与えていた。彼女の声には中年の婦人がもつ渋さの魅力があった。

よそからもらったというのは、英之輔がいくつかの会社の役員を兼ねていた活動時代に諸方面から贈呈を受けたのであろう。実際、話の間にも英之輔の視線はそれらの骨董品に愛着をもってとどまるようなことはなかった。

「あなたは、こういうものはお好きですか?」

と、英之輔が聞き返した。

「いえ、わたしは無趣味でして」

「大学では何を教えていらっしゃいますか?」

「法制史でございますが」

「ははあ」

英之輔は名刺の肩書を見て、

「法制史をおやりなら、東洋史にもお詳《くわ》しいでしょうね。中国のこういう骨董はよくおわかりでしょう？」

「それが何も知らないのです。もっとも、友人で東洋考古学をやっている者にはわかる者がおりますけれど。わたしのは古い遺物よりも、近世の東洋、とくに未開地域に興味があるのです」

「それで倅《せがれ》の持っていた本がお目にとまったのですか？」

英之輔の瞳がちらりと嫁の幸子のほうに動いた。嫁は姑の横に、それとはわからぬような微笑を顔に泛《うか》べて控えていた。

「いわゆる西域地方のことを調べてみようと本を漁《あさ》っているうちに、ご子息の蔵書に行き遇ったのです」

「しかし、あれは種族の民俗学的な捜索が多いようですな。わたしも英一、これは倅の名前ですが、英一から聞かされておりました」

「そういうのも東洋学では参考になるのです。それに、わたしは探検ものが大好きですから」

「水」

と、英之輔が要求した。幸子が立って出た。

「あなたはロシア語がお読みになれるのですな？」

どうして読めるようになったのかという質問に聞こえたので、山根はロシアの文学書の訳者だった父親からの影響を伝えた。マントルピースに炎がほしいような、しかし、炉の火はまだ早いといった季節の部屋であった。

「倅の蔵書はまだあれの部屋に少しは残っています。あとでご案内させますから、ご覧になってください」

英之輔は初めて山根の訪問の目的に返事を与えた。

この間に幸子が切子ガラスのコップに水を入れて持ってきた。英之輔は咽喉《のど》が乾《かわ》いたように飲んだ。

「蔵書はかなりあったのですがね。倅が死んでから、想い出のタネになってはいけないと思い、ほとんどを古本屋に出してしまいました。家内や嫁ははじめ不服らしかったのですが、わたしが説得したのです」

妻と嫁とは眼を伏せていた。

「それでも、きれいさっぱり一冊も無くなるというのも寂しいので、少しは残してあります。本が沢山あるといけませんのでね。そのまま書棚に残しておくと倅が外から戻ってきそうな気になりますからね。なにしろ長い病気で寝たあげくというんじゃなくて、車で家を出かけたのが別れになったのですから」

妻が英之輔に、あなた、と言いかけるように顔をふりむけた。夫がその話をもう少しつづけそうなら制《と》めるつもりらしかった。

「幸子」

英之輔が、妻の気持を呑みこんだように、嫁を呼んだ。

「山根さんを英一の書斎へご案内して、本をご覧に入れなさい」

「はい」

嫁が椅子から立ち上がって、山根に、どうぞ、というように誘った。つぶらな瞳を見せるためか下からすくい上げるような眼つきであった。

「あとでまたここにおいでになってお話しください。わたしも法制史のお話など、面白いところを伺いたいものですから」

英之輔が背をまるくして言った。

死んだ息子の書斎は二階の東側にあった。ここに上がってくるまでのゆるやかな螺旋《らせん》階段と彫刻的なその手すり、弓型の窓、天井の意匠とそれから重たげに垂れ下がっているシャンデリア、突き当たりの壁に掛かっている印象派の絵画、踊り場の隅に置かれた塑像など、ルネッサンス風を模倣した華やかな荘重さといったものに統一されていたが、その中にもまた南欧ふうの軽快な明るさがとり入れられ、両者がほどよく調和していた。

「建ててから五年になります」

幸子は、山根の遠慮がちな質問に、はきはきと答えた。

「義父《ちち》の知合いの建築士に設計をお願いしたのですが、この様式にしたのは、死んだ夫の希望だったと聞いております」

五年前というと、英一の死の三年前であり、英一と幸子の結婚一年前であった。つまり一人息子の新居をかねて英之輔夫妻が新築したのであろう。その前にあった旧い家の名残りがこの洋館につづく日本家屋にちがいない。

幸子は古風なキイをまわして真白いドアを開けた。そのドアも縁とりの飾り文様が彫られてある。

書斎は洋間だが畳数にすれば八畳くらいで、壁際の書棚は古典的な意匠であった。が、室内の装飾といえばそれだけで、机も椅子も何もなかった。緋色の絨毯だけがただ広かった。まるで図書館の内部のようだが、それにしては書棚の本が少なかった。

「父の言いつけで、机《デスク》も椅子も卓子《テーブル》もみんな除《の》けてしまいましたの。英一の想い出になると申しまして。お掛けいただくところがなくて申し訳ありません」

「いいえ。……ご本を拝見させていただきます」

「どうぞ。ごゆっくりあそばして。父のほうに行っておりますから」

本をのぞく客を自由にくつろがせるためか、男と女が一つ部屋にいる窮屈さをはずしたいのか、幸子は、四十分ばかりしてお迎えにまいります、と言った。山根にしても彼女に傍についていられるのは気が散って困るので彼女がいないほうがありがたかったが、明るい光線が遁《に》げるようで少し寂しい気がしないでもなかった。

で、引きとめる気持ではないが、幸子が父のほうに行っておりますと言ったものだから、それを懸念の意味にとって、しぜんと英之輔のことにふれることになった。

「お父さまはお身体があまりご健康でないようですが、どこかお悪いのですか?」

幸子はドアのほうに動きそうになった脚をとめて、

「はい。糖尿病をわずらっております」

と、眼を落として答えた。山根は、英之輔の顔色の悪いこと、痩せていること、気《け》だるそうにしていること、水を欲しがっていたことに思い当たった。糖尿病患者は咽喉が乾くと聞いていた。

「それは、ご心配でいらっしゃいますね」

「ありがとうございます。でも、義母《はは》がよく気をつけておりますから」

幸子は頭を下げて白いドアから消えた。

山根は英之輔を支えるように傍についている宗子の姿を思い浮かべて、妻は看護婦の役目だと思った。

書棚にはロシア語の本が十冊ぐらいはあった。古本屋に出ていた冊子類とは違い、これはちゃんとした書籍なので、保存に残しておいたのであろう。英之輔から聞いた言葉では、この保存が宗子の意志か幸子の希望かはわからなかった。

山根は、本を眺め、その中に“История Оренбургская”（「オレンブルグ史」）とか、“Описание Киргиз Кайсачких Ордистепей”（「キルギス・カイサック人のオルド及びステップ記」）とか“Оборникняя Хилкова”（「ヒルコフ公集」）とかいう、古い背革金文字を見つけては引き出して、ぱらぱらとページを繰った。十九世紀後半の帝政ロシア時代の出版ばかりである。どれも中国西部領に近い調査踏破記であった。

“Очерки Путешествия По Монголии и Северным Провинциям Внутреннего Китая”「蒙古及びシナ本部北部諸地方旅行記」は、ペフツォフが一八七〇年代に両度にわたって旅商といっしょにロシア領ザイサン哨所から和闐《ホータン》（崑崙《こんろん》山脈の北麓に接したタクラマカン沙漠の南部）へ往復し、さらに西蒙古のコブドの町からゴビの沙漠を横断して帰化城（中国内蒙古の南部。現在の綏遠《すいえん》）に達し、南東蒙古を経てロシアに帰った踏査記で、その目次を見、中の五、六行を読んでも興味があった。

窓からは隣や近所の建物の上部や手前を蔽《おお》う庭木の梢がみえた。そこからは声もしないが、東隣の窓にブロンドの髪の女が動いていた。近所の自家用車が表をときどき走りすぎるだけで、トラックのように重い音響はなかった。

すると階下から音楽が鳴ってきた。音は低いが交響楽のようであった。英之輔夫妻がいま坐っている応接間であろうはずはなかった。あそこにはステレオは置いてない。客間は別にあるのだ。山根はまた受話器の奥に聞こえていた男の忍び笑いを思い出した。

この家には若い主人はいない。英之輔がレコード音楽が好きとは思われないし、宗子も同様である。あとは幸子だけだ。幸子だったら、若い男客たちが彼女を訪問してきてクラシック音楽のレコードを聞くのはわかるのである。

若い未亡人の幸子はなぜこの家に残留しているのか。子供があるとも聞いてなかった。美しいというよりも魅力的な女性だった。実家に戻れば、再婚の話は断わりきれぬくらいあるにちがいないのに、夫の死後二年もこの婚家にいるのだろうか。

もし、しのびやかな笑い声が彼女を目当てにしてくる若い男たちの集まる客間からだとすると、幸子は未亡人ではなくこの家の娘という恰好になる。

英之輔夫妻は、幸子にそのような交際を許しているのだろうか。失った一人息子の代わりに幸子の配偶者を、遊びにくる青年たちの間から択《えら》ぼうとするのだろうか。あるいは、そういう意志でないとしたら、孤独な幸子の立場に同情して交際を認めているのだろうか。もし、そうだとすれば、少々寛大すぎるようだが。

山根はロシア文字の数行に眼を走らせている間もこういう思案とも推量ともつかぬものが前を往復して、活字の内容の頭に入るのを妨げられた。


幸子が低いノックをして入ってきた。

「あの、もうよろしゅうございましょうか?」

書棚の前で、四十分は過ぎていた。

「はあ。結構です」

「お急がせするようで申し訳ありません。あの、父は、どれかお気に召した本があれば、一、二冊はお手もとにお預かりいただいてけっこうだと申しておりますけど」

「え、拝借できるのですか？」

「どうぞ。父がそう申しておりますから」

本は息子のものというより、いまは息子の嫁のものというべきだろう。夫の遺品は妻の管理権になければならない。それなのに幸子が義父の言葉をそう伝えているのは、同居している嫁の立場からであろう。山根はそう思ったので、

「では、奥さん。この一冊をしばらく拝借させていただきます。必ずお返しに参上しますから」

と、幸子に許可を求めた。

「どうぞ、ごゆっくりお持ちくださいまし。どうせここにならべて置いてあるだけの本ですから。父もそのつもりでいるようでございます」

幸子は嫁の立場を忘れなかった。

もとの応接間に戻ると、英之輔はまだクッションに長い背中を凭《もた》せていた。宗子が桃色の薬包みを開いて、水の入ったコップを持っていた。

「拝見いたしました。ご蔵書のなかから、この一冊を拝借させていただいてよろしいでしょうか？」

山根は本を英之輔に見せた。

「どうぞ、お持ちください。ええと、それは何でしょうか？」

ロシア語の読めぬ英之輔は山根に訊いた。

「蒙古及びシナ本部北部諸地方旅行記。そのように訳してよろしいでしょうか、一八八三年の出版で、ロシア人の探検記でございます」

「ああ、そうですか。それはロシア人の文化人類学的な調査ですか？」

「そういうこともありましょうが、帝政ロシアが国家利益の上から隣国シナや蒙古の地理、地下資源などを調査する目的で行なったようでもございます。しかし、わたしどもには、おっしゃるように文化人類学的な意味のほうで興味があります。それも九十年前の姿ですから」

「倅は妙な趣味をもったものですな」

「いえいえ。ご立派なものです。貿易商社におつとめだったそうですが、こういう方面で研究をなさるおつもりがあったのでしょうか？」

「さあ。倅の気持がよくわからないうちに死なれましたからね。その本がお役に立てば結構です。ほかの本もお気に入ったのがあればいつでも取りにいらっしゃい」

「ありがとうぞんじます。そういちどきには、わたしの語学力では読めませんから、これをご返却に上がったときにお借りいたします」

「あなた」

と、薬を手に持っていた宗子が会話の区切りを待って、服用を促《うなが》した。

「う、うむ」

英之輔は、桃色の薬包みに眼を落とし、苦《にが》そうな顔をして宗子の注ぎこむ白い粉末を口にふくんだ。そうして、水、水というようにコップを催促した。

はい、はい、と宗子はコップを夫に渡した。英之輔は水をごくごくと飲んだが、それは粉薬を食道に通しやすくするためだけでなく、水じたいを欲しがっていた。英之輔の顔色は黄ばみ、顔の生地にも艶がなく、乾いていた。

「お薬を飲むのを子供のように嫌いまして」

宗子が薬包紙を指で揉みながら山根に笑いかけた。薬を飲んだ英之輔は、ぐったりとなっていた。

山根は、さっき二階で幸子から英之輔の病名を聞かされているので、そらぞらしくどこが悪いかとは、すぐには訊けなかった。

「これが嫁だと、やはり遠慮があるのか、お薬はおとなしく飲むのでございますが」

奥さまには甘えていらっしゃるんでしょうと、もう少し親しい間だったら山根は言うところだった。

「幸子は、どうした？」

英之輔が背を起こして見回して言った。

「客間のようですが」

二階で聞こえていた交響楽は、この部屋の奥まったところから遠く鳴っていた。

「若い人が集まっているなら、山根君をちょっとご紹介したらどうだね？」

「でもあなた、そういきなりでは、山根さんがご迷惑でございますよ」

「そうでもあるまい。山根君もまだお若いようだから、家《うち》にくる若い人たちと顔見知りになられたほうがよかろう。……お前、山根君を客間にお連れして、ご紹介しなさい」

英之輔は妻に命令した。

3

山根辰雄の大学は市ヶ谷付近にある。それでよく彼は新宿に出るのだが、その晩も教師の集まりのあと八時ごろに街を歩いていると、向こうからくる背の高い男に

顔をじっと見つめられた。二十七、八と思える青年だったが、急に足を停めて、

「失礼ですが、山根さんではありませんか？」

と確かめるように訊いた。髪が少々長いという程度で、この辺に多い異様な姿ではなく、むしろきちんとした服装だった。上背もあるが肩幅も広く、色が白くて、きれ長な眼をしていた。

その顔に思い当たって、山根は、あ、と言って微笑しかけたものの、相手の名前がすぐに口から出ないでいるのを向こうが察した。

「野崎です、この前、深良《ふくら》さんのお宅でお目にかかった……」

笑顔はえくぼを浮かべ、きれいに揃った歯を見せる。好男子であった。

「あ、あの節は失礼しました」

山根も今度は納得の微笑で応じた。

あの節というのは、深良英之輔の妻の宗子が客間《サロン》に集まっている青年たちのところへ山根を案内した際のことで、四人の青年の中にこの顔があった。そこにいた嫁の幸子に一人一人紹介されたのだが、山根は先客の名前を聞いた程度で、ほとんど話をすることもなくその部屋を出た。十分間たらずの闖入《ちんにゅう》であった。

山根が思うに、その四人の青年客にとって、こっちは押入った感じになったにち

がいない。彼の意志でなく、英之輔が宗子に言いつけたのだし、彼も迷惑だったが、初めて訪問した礼儀からも、また本を借りた義理からも断わることができなかった。宗子に従ってその部屋に行くと、それぞれ気楽な姿勢でクッションにもたれていたその四人は、これが不意のことで、談笑をやめて直立したものだった。

紹介役の幸子は、いちおう各自の姓名と職業を要領よく言ったけれど、山根は交際する意志はないので、上《うわ》の空で聞いていた。いま遇っても名前が出なかったのはそのためである。野崎という男はたしかどこかの会社勤めだったように思う。

「お時間がおありのようでしたら、お茶でもご一緒できませんか？」

野崎は、山根がそぞろ歩きと見たて、遠慮そうに誘った。この辺は喫茶店が五、六軒おきくらいにあった。

山根は深良家の様子を少し聞きたかったので、その誘いに応じた。

「大学の先生でいらっしゃるそうですね？」

奥でステレオが鳴っているうす暗い店の中で、野崎が眼に笑みを湛《たた》えながら訊いた。

「はあ。H大の教師をしています」

名刺を出せば助教授の肩書きつきだが、それは出さなかった。野崎も名刺をくれなかった。

「H大も学生が騒ぎますか？」

野崎は額にかかる長い髪毛を指さきで掻き上げて少し笑った。

「いや、ぼくのところは、今はわりと静かです。前はかなり派手でしたが」

大学教師とみると、外部の者は学生騒動を時候の挨拶がわりにする。

野崎はコーヒーをすする。どこかの貴婦人の茶会《ティ・パーティ》に招かれたときのような上品な飲みようで、受け皿をちゃんと片手に捧げて茶碗のつまみに手をかけているが、その手は彼の体格にくらべ長くてしなやかであった。山根は深良家の客間に鳴っていたレコードと考え合わせて、この男は音楽を自分でも演奏するのではないかと思った。

ほんの十分間足らずの瞥見《べっけん》だったが、その客間はかなり広く、高い天井も壁も柱もドアも真白で、それぞれ適当な部分に蔓草《つるくさ》花文様の浮彫りが施されてあった。部屋ぜんたいが貝殻の中のように真珠色に包まれ、その構造もまさに貝殻の表面についているなだらかな曲線のようだった。むろん家具も調度もそれに合わせてロココ風であった。その装飾的なサロンで、四人の男客とその若い未亡人の嫁が談笑していたのだった。

あの客間の設計は、幸子の亡夫の趣味を生かしたものにちがいなかった。ロシアの東洋研究書を蒐《あつ》めている貿易商社員とあのフランスの古典的建築様式とはつながらないが、たぶんは親の財産を背景にした気まぐれにちがいなかろう。

しかし、普通ならへどが出そうなその金持の悪趣味も、ふしぎと俗悪な印象をうけなかったのは、そこに一抹の清楚に似た空気が流れていたせいかもしれない。その清楚さは嫁の幸子の雰囲気なのか、姑の宗子の持ち味なのか、それとも病身な当主英之輔の性格の反映であるのか、そのへんのところは山根にはまだよくわからなかった。

わからないといえば、幸子とこの野崎ら青年たちとの交遊関係もさだかに推量できなかった。若い男たちは明らかに幸子の客であって、英之輔夫婦とはかかわりなかった。常識からいえば、二年前から未亡人暮らしでいる幸子は、たとえ複数ではあっても、若い男どもを寄せつけるのを義父母の手まえ遠慮すべきだし、義父母もまた監督上の位置から嫁をたしなめるべきだろう。俗にいえば、男どもは若い未亡人を狙ってあの家のきどった客間に集まっているとみられなくはない。たとえそこでクラシック音楽に耳を傾け、知的な会話を交わし、洗練された機智で上品な笑いをふりまこうと、彼らが「狼」であることに変わりはないと思われる。それを英之輔夫婦はどうして追い払おうとしないのか。

　このことは、あの家に嫁の位置で残留している幸子の立場とも無関係ではない。前にちょっと考えたように、幸子の婿択《むこえら》びが義父母の気持にあるとすれば、客間に若者が集まってくるのを承認していることになる。

　だが、幸子は実の娘ではない。一人息子の嫁である。それに婿をとらせるとなると、あの家の財産がそっくり血のつながらない養子夫婦のものになってしまう。もっとも、世間には俗に「取り嫁取り婿」といってそういう例もないではないが、それは死んだ実子の嫁が舅や姑によほど気に入られた場合である。仮りに幸子がそうだとしよう。が、その婿択びは義父母にとって非常に慎重を要する問題であるはずだ。信頼する人を介して適当な人物を紹介してもらい、そのなかからの選択が義父母の手で行なわれるというのがまずは通常である。

　それとも英之輔夫婦はそういう「封建的」な方法を嫌う自由主義者なのだろうか。自由主義者なら、婿択びを嫁の意志に任せることもあろう。が、それにしても、あの客間に集まってくる上品な狼どもから嫁の適切な配偶者が得られるだろうか。

　若者どもは、実際は深良家の財産が目当てであろう。あの高台の優雅な邸宅のほかにも価値ある不動産が少なからずあるにちがいない。英之輔が持っている各会社の株も莫大なものと思われる。それに狙いをつけた彼らが、幸子の愛を獲《え》ようとして、互いが彼女に対して騎士《ナイト》ぶりの競争をする。表面はさりげなく友好的な笑みを交わしながら、心の底では決闘をしている。そう見てよかろう。かかる連中から幸子の好ましい配偶者が得られるだろうか。

幸子はまだ若いといっても二十七、八歳だ。二年の空閨《くうけい》という条件と、女としての生理的な条件と（あの一種のコケットリーはその自然のあらわれかもしれない）、しかしおそらくは世間の男を見る眼の稚《おさな》さという条件などを重ね合わせると、彼女はまことに危険な配合の中にいる。他人事《ひとごと》ならず気の揉めることだ。それを英之輔夫婦は放任しているのだろうか。まかり間違えば、「野合」にもなりかねない嫁の青年集めを、その自由主義の上から無警戒な気持でいるのだろうか。それには自分たちの財産がかかっているというのに。しかも英之輔はかなり重い糖尿病のようである。

――いろいろと山根が考えているうちに、時間にすればそれはほんの二、三分の間だったが、彼のその疑問に入ってくるように、野崎がコーヒー茶碗を微《かす》かに鳴らして卓に置いた。

「山根さん。あなたもこれからずっと深良家に出入りなさるんですか？」

長髪の男が深い眼つきで訊く。

出入りの意味が山根にすぐにわかったので、彼は相手を手もとに引きよせるような返事をした。

「そのつもりでいますが」

「幸子さんとはいつごろからのお知合いですか？」

やはり野崎の関心は山根の思った通りだった。この質問がしたくて、あの客間で初めて顔を合わせたという程度なのに、街頭の出遇いにいきなりコーヒーを誘ってきたのである。

「え？」

「いや、幸子さんとはあのときの訪問が初めてです」

野崎は意外そうな顔をしたが、

「では、どなたかのご紹介ですか？」

と訊いた。とりようによっては失礼な訊問だが、行儀のいい野崎もその穿鑿《せんさく》の急に顧慮を忘れているようだった。

「いや、特別な紹介じゃありません。強《し》いて言うなら、古本屋のおやじです」

「え、古本屋のおやじ？」

野崎はまた眼を大きくして怪訝そうに見た。彼がいちいちおどろいているところをみると、幸子は山根の来訪について客間の連中には何も説明しなかったようである。

「ぼくは幸子さんを訪問したんじゃなくて、お父さんの深良英之輔さんをお訪ねしたんです。もっとも用件の性質上、幸子さんにも関係がありますがね」

ここで山根は手短にロシアの東洋研究書との出遇いのことから話した。

野崎の顔が見ているうちに和《なご》んだ。その眼からも頬の筋肉からも緊張がとれた。

「ああ、そういうことだったのですか」

彼は安心と共に何か拍子抜けしたような表情になった。そこではじめて気づいたように、

「どうも失礼しました」

と、頭を下げて無躾《ぶしつけ》な質問だったのを詫びた。彼は思い出したように残りのコーヒーに口をつけた。

山根が訊く番だった。

「野崎さんは深良さんのお宅にはかなり前から出入りしていらっしゃるんですか?」

正確には幸子のもとに、と言いたいところだった。

「はあ。三カ月ほど前からです」

「三カ月前？」

今度は山根が意外だった。たった三カ月前。――そんなに最近だったのか。あのサロンでの瞥見《べっけん》では、もっと長い期間を経た親密さだったと思ったが。

若い人たちは親しくなるのが早いのか。趣味の上からそうなるのかもしれない。また客間に行く連中の社交技術にもよるのであろう。山根は、眼の前に野崎の芸術家のような長い指を眺め、あの客間から聞こえていたレコード音楽を一緒に思い出した。

「みなさん、音楽の同好家でいらっしゃるんですか？」

幸子もそれで青年たちを招き集めているのかと思った。

「とくに音楽だけじゃありませんが、まあ、いろいろな話をしています」

機智に富んだ高踏的《こうとうてき》な談笑が想像された。

「ぼくは音楽のことはわかりませんが、この前訪問したときに耳にしたのはクラシックのようでしたね？」

「あれはモーツァルトの『後宮よりの逃走』です。ウィーン・フィルハーモニーの演奏で、指揮はヨゼフ・クリップスです」

野崎はすらすらと口にしたが、山根にはさっぱり知識がなかった。ただ、モーツアルトが優雅な旋律美の抒情的な作曲家というぐらいは聞いていたので、あの擬似ロココ風のサロンに鳴るには似つかわしいと想像できるし、また幸子の心を浪漫的な雰囲気に浸していると思われた。そのためにこそ「危険」でもある。

「あのとき、ご一緒だった人たちは、みなさん共通のお友だちですか?」

山根はたずねた。

「そうでない人もいます。あなたがお見えになったときは四人でしたが、そのほかにも三人いるんです」

七人があそこの「常連」ということなのであろう。

「その方々もあなたと同じ頃に出入りされるようになったんですか?」

「だいたいそうですね。前だとしても二カ月とは違わないでしょう」

野崎は平穏な様子になって答えた。彼より以前の者も半年に足りない出入りだという。幸子を「狙う」連中はそんなに新しかったのか。

「石塚、中山、太田というのが、この前ぼくといっしょに居た顔ぶれです」

野崎は名前を挙げた。そう聞くと、あのとき紹介役の幸子からそんな姓を告げられたおぼえがある。野崎はついでに当日の欠席者三人の名も挙げた。

「石塚とぼくは前からの友人ですが、ほかの人はあそこで顔を合わせて知ったのです」

「その紹介者というのがあったのですか？」

山根が無躾な質問に回った。

「ぼくより前に石塚が深良さんのところに出入りしていて、かれがぼくを引っ張って行ったんです。その石塚はまた別の人に引っ張って行かれたんですね。その人はもう出入りしなくなっていますけど」

他の男たちはみんなそういう方法であの家に出入りするようになったのだと野崎は説明した。つまり、深良家の客間の先輩が後輩を連れて行く。深良家ではそれが自然の紹介となって新しく来る客を拒まない、ということらしかった。

そうすると、客はたいへんな数になるだろう。山根が訊くと、野崎が答えた。

「いえ、何となく足が遠のいて行く者がいますから、人数はそれほどふえません。各人それぞれ時期のズレがあって、重なり合いもありますが、一人が三カ月から半年、それぐらいの出入りじゃないでしょうか？」

山根は案外な気がした。「狼」だったら、もう少し辛抱強いはずである。かれらが遠大な計画をもっていれば、一年でも一年半でも忍耐強く通うべきでなかろうか。ところが、客間の先輩が後輩をそこに連れて行ってからしばらくして出入りしなくなる。そういうことの繰返しであるらしい。

そうすると、それは幸子の眼識に叶《かな》わなくなって敗退するのだろうか。あるいは競争者に敗れたのか。しかし、勝者がまだ決定していないようだから、敗北したとはいえない。もっとも見込みのないことには早く見切りをつけたのかもしれない。幸子にも脈がなく、客間にも有力な競争者があれば、自信喪失、自《おのずか》ら足が遠のくという次第にもなるのだろう。

とすれば、幸子はなかなかのしっかり者といえそうであった。さすがに義父母が彼女の男集めを「放任」するほどのことはあるのだろう。二年間の空閨とか、年齢的な肉体状況とか、世間知らずとかの、さきほどの懸念はいっぺんに消えて、山根は亡夫の書斎に案内した幸子の印象がにわかにしんの強いものに変わってきた。コケティッシュとも見えた一種の姿態は、彼女の性来の愛想よさをこっちが錯覚したのであろう。

「英之輔さん夫妻は、幸子さんの客間に若い人がくるのを何とも思ってないのですか？」

干渉してないのか、という意味だったが、

「何とも思ってないどころか、あの夫妻はそれを歓迎しているようですよ」

と、野崎は言った。

山根は、自分が行ったときに、英之輔が妻の宗子に、客間に案内して若い人に紹介するようにと命令したのを思い出した。その宗子は彼を客間に連れて行ったとき、嫁にむかって、お父さまがね、山根さんをみなさまにひき合わせるようにっておっしゃってるのよ、あなたがご紹介申し上げなさい、とやさしく言い、嫁がそうするのを傍で、にこにこして見ていた。

「あの英之輔氏夫妻はちょっと変わっていますよ」

野崎は山根と別れるときに言った。その「変わっている」というのを山根は自分なりの常識で受けとって、深くは聞かなかった。野崎もそれ以上は説明しなかった。

「ぼくも深良家にはもう行くこともないと思います」

眼を落としてそう言った野崎の顔が山根には長く残った。

新宿で野崎と遇った三週間後、山根は学校の帰り、午後三時ごろ深良家の再度の訪問にむかった。

4

南麻布五丁目の、外人住宅の多い高台のあたりを歩くとすでに深良家の空気が道路に流れているように思われた。建物がまだ眼に入ってこないうちに、その内部の白い装飾と、行儀よい歓迎にどこか鄭重《ていちょう》な拒否を含めた富裕な温《ぬく》もりが伝わってくる。

両側に園芸灌木の緑の帯を付けた赤煉瓦積みの段々を山根は昇った。石段よりも塼《せん》のほうが昔から高級という。突き当たりのドアの前で鍍金《めっき》の獅子頭に嵌《は》めこんだチャイムを鳴らした。外来者の響きが家屋内の典雅な空気にさざなみを立てている。一度訪問した山根の経験で、内部のたたずまいと住人の素振《そぶ》りとが透視できるようであった。

女中と入れ代わって英之輔の妻が出てきた。宗子はこの前よりやつれてみえる。最初の印象と二度目の感じとにズレのあるのは間々《まま》あることだが、今日の彼女は眼《ま》蓋《ぶた》の上のくぼみが目立ち、鼻のわきから口もとにかけた皺が深く映った。折しも玄関の外から射しこんだ外光に頭の中の白い筋が浮く。二度目の印象がその人の実体を当てていそうだった。

「この前は失礼しました。それからご本をありがとう存じました。今日は拝借したものをお返しに上がりました」

玄関先で失礼すると言うのを、宗子は、

「ちょっとお上がりあそばして。主人も退屈しているところでございますから、あなたさまとお話できるのを喜ぶと思いますわ。ほんの短い時間でもお入りあそばして」

と、手を把《と》るようにしてすすめた。

無下《むげ》には断わりかねる――という気持の中には、奨《すす》めに従いたい誘惑が動いているものである。これからときどきは遊びにみえて話を聞かせてほしい、と前回に言った英之輔の言葉も山根に靴を脱がせるのに理由づけた。そこには若むきの、派手な色と型の靴が五足ぶん、揃えられてあった。

絨毯の廊下をいく曲がりかして宗子が開いたドアの中の四角な部屋に、安楽椅子に掛けた英之輔の姿が額ぶちの肖像画のように静止していた。窓からの陽光はその顔の一方に当たって、他の部分が暗茶褐色の影となり、その明暗はレンブラントの手法がそのまま用いられていると見た。

「あなた。山根さんですよ」

凝乎《じっと》していた老人が背を伸ばし首をわずかに動かした。

「やあ」

とたんにシャンデリアに灯がともって背後の影が失《う》せ、十七世紀オランダ画の色調も消えた。

英之輔は赤の地色に黒の粗い格子縞《チェック》の入った部屋着《ガウン》を着こみ、膝に毛布を巻いていた。派手な身なりで膝かけをした恰好はバタ臭い年寄りにみえたが、このロココ風な館《やかた》の中では着物姿よりも似つかわしい。

「大事なご本を長い間ありがとう存じました」

山根は包みをほどいてロシア語の書籍を出した。

「いや、もっとごゆっくりでよかったのに」

「ありがとうございます」

「お役に立ちましたか？」

「たいへん面白うございました」

「それはよござんした。わたしはロシア語はさっぱりなので、倅の書棚をじろじろと見ているだけでしたが。わかる方のお役に立って倅もよろこんでいるでしょう。まだほかにもあると思いますが、そのまま倅の書斎に行ってごらんになってください」

「はい。ありがとう存じます」

「……おいおい、幸子はどうした？」

妻のほうをむいた。

「客間でございますよ」

山根はさっきから耳を傾けているのだが、レコードは流れてこなかった。玄関にならんだ客の靴が浮かんだ。

「幸子を呼びなさい。その間、お前が向こうに行ってお相手をしていなさい」

英之輔は命じた。

「あなた。お薬の時間でございますが……」

「それは幸子にでもさせる」

「はい」

宗子は素直にうなずき、夫の膝かけの皺を直して出て行った。

書斎に行くのにわざわざ幸子を客間から呼び戻さなくとも、と山根は思ったが、死んだ英一の本は嫁の所属というけじめを英之輔がたてているのかもしれない。若い女中が紅茶を運び、山根が英之輔に、読んだ本のなかにあった面白そうな話をしているときに幸子が入ってきた。

「いらっしゃいませ」

山根は眼の端に彼女が写ってきたときから立ち上がっていた。今日の幸子は着物で、小紋《こもん》のすっきりとした姿だった。小紋は、着る人によってはひきしまった艶《あで》やかさを出す。幸子の白い顔が明るい朱を散らした藍地に引き立った。が、彼女はそれほど濃い化粧はしていなかった。

十九世紀の半ば、ロシア人によるブハラ汗《カン》国の東部、パミール高原に接するアム・ダリヤ上流山地への踏破行の話があと二、三分で終わるまで幸子は舅の傍に佇《たたず》み、山根に微笑をむけて聞いていた。

話の区切りがつくと、英之輔は幸子に眼配《めくば》せした。

「お父さま。お母さまからお薬を言いつかっておりますけど」

幸子が舅の顔をのぞいて笑《え》んだ。

「薬はあとでいい。山根さんを書斎にご案内してからでいい」

「お父さまのお加減はいかがですか？」

二階の書斎の、寂《さび》れている書棚の前に立って山根は幸子に訊いた。幸子は彼に返してもらった本を棚に戻したところだった。

「ああいう病気ですから、快《よ》くもならず悪くもならず、いつも付き添っているわたくしどもにはよくわかりません。間を置いて義父《ちち》をごらんになる方のほうが様子がおわかりになると思いますけれど」

糖尿病は長い。何の病気でもそうだが、年寄りとなると変化が著しくない。癌ですら老人には進行が遅いようにみえる。病菌もまた老いて活力がないかのようである。それよりもさっき玄関で見た宗子の顔のほうに羸痩《るいそう》が目立っていると思った。

「ご看病の方も、お気苦労がたいへんですね？」

これは宗子の疲れを言ったつもりだった。

「わたくしは何もいたしませんが、義母《はは》がたいへんですの。このごろ疲れが出てきたようですわ。義父は病気のせいもあって我儘《わがまま》になっていますから。やはり、わたくしよりも義母のほうに自由なことを申しますので」

それは普通だろう。長く家に置いていても嫁には遠慮がある。妻に向かうほど勝手なことはいえない。

だが、それにしても英之輔夫妻はなぜ幸子の自由を許しているのだろうかと山根はまたしても考える。客間に若い男たちを蒐《あつ》める嫁の行動を承認しているとすれば、未亡人になった嫁を少しでも慰めたいつもりなのかもしれない。だが、その慰めには危険がつきまとっている。この家に集まってくる若い連中は幸子が目当てなのだから、かれらがある意味で「狼」なのは夫妻も知っているはずだ。たとえそこで礼儀正しい振舞が守られ、教養ある会話が行なわれようと、若い男どもの性根に変わりはない。それを心得たうえで嫁に「承認」を与えている夫妻の心境は、嫁に憐愍《あわれみ》を寄せているというよりも、気に入った嫁をいつまでもこの家にとどまらせたいために、その機嫌をとっているように考えられる。独りになった嫁を溺愛する夫婦というのは世間にはあるものである。

幸子もそれは知っていて、若い男を決して深くは近づかせないのであろう。もし、少しでも交際を逸脱しそうな感情や素振りが相手に見えたら鄭重に拒否の態度を示す。そのことが野崎の言葉にある客間の入れ替えに自然となっているのであろう。

「先日、新宿で野崎君に偶然遇いましたよ」

山根が言うと、

「あら、そうですか」

と、幸子は眼をみはったが、それには何の感情もこもってなく、女のただの技巧にみえた。技巧には習慣的で形式的な媚態が伴う。

「野崎さん、お元気でした？」

その一言で野崎が客間から完全に脱落しているのを山根は知った。深良家にはもう行くこともないと新宿の喫茶店でひとりごとのように呟いた野崎の伏せた眼が浮かんだ。

ごゆっくりどうぞ、お気に召したものがあればお持ち帰りください、義父に薬を服《の》ませる時間ですので、と幸子は言って彼と二人だけの書斎を去った。髪の長い、すずやかな眼をした野崎のことなどさらさら彼女の念頭にないようだった。

山根は棚に残されている書籍から一冊を手にとった。ロシア語の原書ではなく翻訳書であった。

《……唱歌はツングースの最も好む娯楽である。男子の歌、婦人の歌、子供の歌はみな違つてゐる。恋愛の歌や狩猟の歌や諧謔《かいぎやく》の歌にはいろいろの相違があつて、ちがつた表現のしかたをもつてゐる。他の民族集団、特に蒙古人（ブリヤート）から借用した歌も行はれてゐる。支那音楽が少しづつ満州のツングースに浸透して来てゐる。もし自分の知らない人がその席にゐれば婦人達は通例歌はない。合唱は神《かみ》

憑《がか》りの儀及び輪踊りの歌の場合以外には行はれない》(シロコゴロフ「北方ツングースの社会構成」川久保悌郎・田中克己訳)

——この前ここまで聞こえていた客間の音楽は流れてこなかった。野崎らのグループが変わったせいかもしれない。前回のレコードがたとえモーツァルトの歌劇曲であろうと、客間ではそれが恋愛の狩猟歌であることに変わりはない。男どもからいって狩人《かりうど》の歌であり、この場合のトナカイは幸子であろう。たとえ彼女がそれに唱和したとしても、それはかたちだけの神憑りの形式であって、女の合唱がそれによって彼女の快感、陶酔感をひき起こすとみたのは客間の男たちの恣意的な観察であったのだ。この思い違いによって、客間から脱落者が出てゆく。新たな錯覚者が補充される。

獲物は美しく目立たなければならない。幸子の服装を山根はまだ二回きり見ないけれど、前回は赤いスーツ、今回は冴えた藍色の勝った小紋であった。衣裳のとりかえによって変身することも男たちの眼を新鮮にさせる。

が、なぜに幸子がそのようなことまでして若い男たちを自宅に集めているのかわからなかった。その中から婿の候補者を択ぶつもりなら話は別だが、それでもその危険なことは山根の前の考えと変わりはない。これは訂正の必要がないと思われる。

すると、残るのは幸子自身の虚栄的な、あるいは享楽的な冒険心である。が、これは精神で冒険して行動には出さない怜悧な女のやり方に似ている。男客に公然の場でとりまかれるある種の女は、それによって孤独でいるときの昂進《こうしん》が拡散し、うすめられるという。幸子の精神的なアバンチュールもその類《たぐ》いなのか。とすれば、なかなか心得た女と言わなければならない。

この前は、若くして夫を喪《うしな》った世間知らずの未亡人と思っていたが、これは見方を変えたほうがよさそうだと山根は思った。

が、一方では婚家の財産が彼女の無分別に赴くのを抑制する鎖になっているという推測ができる。もし幸子が恋愛に奔《はし》ったが最後、彼女は深良家とは縁切りとなる。それは相当な財産の継承権の放棄を意味する。

つまり幸子が客間でどのような精神的な恋愛遊戯をしようと、それは英之輔夫婦の監督の下にあるのだ。そのように解釈してこそ「承認」の内容も生きようというものである。その意味では夫婦も残酷と言えなくはない。

(あの英之輔氏夫妻はちょっと変わっていますよ)

という野崎の言葉がここでも山根の耳に聞こえた。

幸子は戻ってこなかった。山根は彼女に面倒をかけるよりもこちらから行ったほうがよいと思い、一冊だけ借りることにした本を手に持って階下に降りた。

居間のドアをノックした。低く呻《うな》るような英之輔の声が聞こえた。何気なくドアを開けて入ったとき、山根は思わず歩みを停めた。部屋には灯が消えていた。窓からの光をうけて人物が浮き上がりハイライトになっている。レンブラント画法が再びそこに出現していた。こんどは宗子のかわりに幸子が英之輔の介添えをつとめている。

介添えというのか介抱というのか、安楽椅子に背中を横たえるように凭《よ》りかかった英之輔は幸子に肩を揉ませていた。うしろにまわった幸子は背景の暗部の中に融《と》けこんでその顔がうすぼんやりとしかわからなかった。ただ動いている彼女の両手先だけが明るい部分に出ていた。画面の輝部には英之輔の半顔があって、そこに眼を閉じ、口を少しく開けて心地よさそうに睡《ねむ》っているみたいだった。が、睡ってないことはノックに応えた彼の短く呻るような声でもわかる。山根が瞬間でも前にすすむ足をとめたのは、英之輔と椅子ごしに彼の背中により添う幸子との構図に和気と情緒の纏綿《てんめん》を感じたからだった。

しかし、そこに立ちどまっていてはなお悪い。山根は抜き足さし足という恰好で、もとの場所、つまり安楽椅子の斜め前の椅子に戻った。椅子は背も脚も曲線にできていた。とにかく装飾過多の部屋なのである。が、天井のシャンデリアの照明を消したいまは、外光が次第に凋《しぼ》んでいく中で、外よりは内がいっそう昏《くら》く、背後の装飾のすべてが夕闇の暗色に塗りつぶされていた。

山根は眼を閉じている英之輔に声をかけることもできず、すわり心地の悪い思いで、腰をおろした。山根がそこに帰ったことは英之輔も幸子も知っているのだが、二人とも山根の存在を無視していた。治療が終わるまで他には一切話しかけない厳粛な空気に似ていた。

英之輔は肩に動く嫁の手に全身を委《ゆだ》ね、うっとりとした顔になっていた。彼の派手な格子縞《こうしじま》の部屋着の下には角ばった鎖骨と、しなびて黄色い肉とがある。その上を若い嫁の弾力ある指が接触し、血管の上を匍《は》い、摑《つか》んでいる。こころなしか舅の顔には生気の復活を思わせる陶然《とうぜん》としたものが流れ、それがまた老人特有の痴呆的表情にもなっていた。幸子も嫁の奉仕に心を籠《こ》めているようにみえる。

が、これはそう長い時間ではなかった。英之輔は夢幻から醒《さ》めたようになって眼を開き、顔をにわかに動かすと、

「失礼」

と山根に詫びた。

「いえ、こちらこそ」

山根が借りようとする本のことを言い出すとき、幸子が壁際のスイッチを押した。部屋の中には天井からの光がたちまち溢れ流れた。煩《わずら》わしいくらい細工を施《ほどこ》した脇《わき》テーブルの上には、たしかに空《から》になった桃色の薬包紙と、水が底に一滴も残ってないコップが載っていた。糖尿病患者は咽喉が乾くのである。

宗子がもどってきたのはそのときだった。

「お母さま、お父さまはお薬をお服《の》みになりましたわ」

幸子が姑に甘えるように報《し》らせた。

「そう。それはよかったわ。どうもありがとう。……幸子さん、あなたはお客さまのところに早くいらっしゃいね」

宗子が唇に微笑をのせて言った。

「そういたします。お母さま。わたくしの代わりに客間のお相手をしていただいて申し訳ありません。ごめんあそばせ」

「いいえ。いいんですよ」

宗子が夫の傍にもどると、英之輔は妻に言った。

「幸子に肩を揉んでもらっていたよ」

「そう。それはよろしゅうございましたわ」

「あとはお前がつづけてくれ」

「はい。そういたします」

「幸子は若いだけに力が入りすぎる」

あら、と言って幸子が舅を見返った。しかし、山根は見ていたのだが、嫁に揉ませている間、英之輔は陶然となっていて、少しも痛いという顔をしていなかった。

「幸子」

と、英之輔は客間に行きかける嫁を呼んだ。

「山根君を客間にお連れして、みなさんにご紹介しなさい」

「この前も山根さんにはご紹介申し上げましたよ」

夫のうしろにまわった宗子がさしのぞいて注意した。

「いや、客間の顔ぶれは変わっているはずだ。……水をくれ」

と、英之輔が言った。

5

ある日の夕方、山根が学校の帰りに駅のスタンドで買った新聞を電車の中でひろげていると、社会面の端に「デパート美術部員自殺」というのが二段で出ていた。

《十七日朝八時ごろ大田区久ガ原××番地堀口ミサ子さん（五四）が長男永久さん（二七）を起しに六畳の寝室に行くと、永久さんがベッドの上の天井の梁《はり》に紐《ひも》をかけて縊《い》死《し》しているのを発見、所轄署に届け出た。午前零時ごろの死亡とみられる。遺書はない。母親ミサ子さんの話によると、永久さんは大学卒業と同時に銀座のLデパートの美術部に勤めていたが、最近は自分の仕事に行詰まりを感じたと言って悩んでいたという。

Lデパート美術部主任の話＝堀口君は主として外回りを担当していたが、明るい性格からお得意先の評判もよかった。最近は西洋古美術のほうを勉強していた。仕事に行詰まったとは考えられない。恋愛問題で悩んでいたのではないか。》

普通のサラリーマンの自殺なら二段ヌキで扱うこともなかろうが、デパートの美術部員というので、整理部デスクの興味をひいたのかもしれない。

山根は、堀口永久の名を口の中で二度呟いた。たしかに間違いはない。この前、深良家の客間で遇った顔の一人であった。

(堀口ナガヒサと申します)

と、その青年は幸子の紹介で山根に行儀よく姓名を告げたものだった。

(ナガヒサは永久と書きます。forever の永久です)

(堀口のは、フォーレバアじゃなくてパーマネントだろう)

と、若い仲間らしいのがまぜかえしたので哄笑《こうしょう》になった。堀口という青年は少々縮れ毛であった。

それで堀口という男の記憶がはっきりとしてきた。額のひろい、面長《おもなが》の、白い顔であった。隆《たか》い鼻梁が印象的だった。眼尻がやや吊り上がっていて、口が小さかった。美男といってよい。

そのときは、五人の青年が客間にいた。石塚、太田、渡部、堀口、酒匂といった名だったと思う。二十四、五から三十前の年ごろばかりだったのは、初めて深良家の客間をのぞいたときの年齢層と変わりはない。

再度の、つまり二週間前のときも、山根は英之輔の命令で案内する幸子のあとについて客間に行ったのだが、そのときも十分間ぐらいしかいなかった。自分は英之輔の客であって、このサロンの交際者ではないという意識がある。ここにくる人々よりはやや長じている。ひき合わされても、気持がそこにないから、一人一人の顔と名前を熟知するまでには至らなかった。五人を相手に印象のない話を交わしたのでは、みんなごっちゃになってしまう。

(石塚さんは前にご紹介申し上げましたわね?)

と、幸子が言った。石塚というまる顔の、稚《おさ》ない感じの男は、お目にかかりました、とにっこりした。

(太田さんもご紹介申し上げましたわね?)

長い髪の太田という若者は顎をひいた。

(堀口さんもそうでしたかしら?)

(いえ、ぼくは初めてお目にかかります)

そう答えて堀口が言い出したのが、ナガヒサの永久《フォーレバァ》という読み替えであった。前髪が縮れていた。

新聞記事によると、堀口の母親は息子が仕事の行詰まりを感じて悩んでいたと言い、勤め先のデパート美術部主任は堀口君は客の受けもよく、仕事がよくできた、自殺の原因は恋愛問題ではないか、と語っている。どちらが本当かわからないが、デパートのような信用を大切にするところでは、部員が仕事の行詰まりで自殺したなどとは言いたくないにちがいない。そんな意見を吐けば「店」の信用に翳りがさす。とくに美術部のように高価な鑑賞品や装飾品を富裕階級に入れるところでは、そこにいささかの曇りがあってはならないのだろう。

それはいいのだが、職場の主任は一言をつけ加えている。「恋愛問題の悩み」というのは、仕事の行詰まり説を否定するあまりに強調した附加とも思えない。主任は堀口永久の様子を毎日観察していて、そう感じたのではあるまいか。でなかったら自殺した部下について私事にわたるようなことを軽々しく口にしないはずである。

山根はこう考えて、あることに思い当たった。二週間前に深良家の客間に行ったとき、幸子は石塚と太田とを「この前にご紹介申し上げましたわね？」と言った。それより三週間前、第一回の訪問の際には石塚と太田にその客間でほかの青年らといっしょに会っていたのである。なにぶんにも僅《わず》かな時間だったから印象が明確でなかった。石塚と太田とが幸子の言葉にうなずいたので、山根も見た顔だと思ったくらいである。

幸子は「堀口さんもそうでしたかしら？」と言った。堀口は「いいえ、ぼくは初めてお目にかかります」と言ったが、この堀口さんもそうでしたか？　という言葉には、その前の最初の客間での際に堀口永久が居たかどうか、居たような気もするが居なかったような気もする、といった幸子の記憶のあやふやが含まれている。つまり、堀口はずっと前から客間の常連だったけれど、その日は欠席していた。しかし、そのことを幸子は覚えていなかったのである。つまり堀口の存在が幸子にとって、さして重要ではないということになるのではないか。

山根が思い出すのは、新宿で遇った野崎の話であった。あのとき、ご一緒に居《お》られた人たちはみなさん共通のお友だちですか、という山根の問いに、野崎はこう言った。

——そうでない人もいる。あなたが見えたときは四人だったが、そのほかにも三人いる。石塚、中山、太田というのがこの前ぼくといっしょにいた顔ぶれだ。石塚とぼくとは前からの友人だが、ほかの人とはあの家で顔を合わせて初めて知った。あの客間にくる人たちには時期的にズレがある。ぼくの前に出入りをはじめた人にしても二カ月とは違わないだろう。ぼくは、前から深良家に出入りしていた石塚に引っ張られてあそこに行ったのだが、石塚を紹介した別な男はすでに深良家からは足が遠のいている。

……山根がはじめて行ったときは、客間の「常連」は七人だったが、三人が休んでいたのである。その欠席者の中に堀口永久が含まれていたのだ。

石塚青年を深良家に連れて行った若者はすでに出入りしなくなっているという。その石塚に引っ張られて行った野崎は、深良家にはもう行くこともないと眼を落として告げた。前から客間に来ていた堀口永久は自殺した。

山根は、夫のいない「嫁」の幸子のいささかコケティッシュともいえる顔と姿態とを眼の前に浮かべた。同時に、その背景の暗部にじっと坐って、客間での幸子の行動を「承認」しているような英之輔夫婦の影もである。

堀口永久の縊死、野崎の深良家からの退去、彼を紹介したもう一人の青年の絶縁といった一連の現象は、すべて深良幸子の「拒絶」に遇ったためだろうか。野崎の話によるとあの客間の連中は古参でせいぜい数カ月前からの出入りであるらしい。客間の開放がいつごろからはじまったかさだかでないが、彼女の夫英一の死が二年前であるから、せいぜい一年前からではあるまいか。まだ、ほかにもあの客間からの退去者があるらしい。それにしても新陳代謝《しんちんたいしゃ》の激しいことである。

近ごろの若い人たちは、簡単に結婚して簡単に離婚するように、愛情には割り切っているように思われる。山根はまだ三十二歳だが、それでも五年下の世代のことが理解できないでいる。その五つ年下の連中がまた二十二、三歳の世代の行動がわからないと首をかしげて呟いているのだ。

そのくらいだから、二十六、七から三十前の青年どもが目当てにしてきた幸子に拒絶されるか、拒絶されないまでも見込みがないと自覚すれば、さっさと深良家の客間から身を退《ひ》くのかもしれない。断念も早いし、進退も早いといわなければならない。未練たっぷりに執拗《しつよう》に粘るというのも困りものだが、こうあっさりしていては抒情性も何もない。若い連中の恋愛感情というのはずっとビジネスライクになっているのだろうか。

もっとも客の「狼」連中の狙いが、幸子だけではなく、当初から彼女を手に入れるのが深良家の全財産の取得に通じるというのにあったら、その片想いが実らないとわかったとき、情熱の醒《さ》めかたも早いわけである。その意味では俗にいう色と欲の二股であって、一方の欲が崩れれば、女だけでもよいという執念にはならないのかもしれない。

だが、堀口永久の場合は少々違うようである。もし彼の自殺が、職場の上役の言うように恋愛問題の悩みが原因であって、その恋愛の対象が幸子であったとすれば、堀口にとって深良家の財産は問題でなく、幸子に熱愛を寄せていたことになる。なにしろ彼は首を縊《くく》ったのだ。深良家の富が手に入らないからといって自殺するわけはあるまい。堀口は純情な青年だったようである。

多分、堀口は最初、デパートの美術部員として深良家に出入りしていたのであろう。つまり深良家は彼のお得意先だったと思う。それが、いつのまにか幸子をめぐる恋の狩人のひとりとなり、やがて脱落していったのであろう。

堀口が幸子から明確なかたちで拒絶に遇ったかどうかはわからない。なにぶんにもああいう家といったら行儀がよくて、相手を傷つけるようなことは決して言葉にしないものだ。つつしみ深く、慇懃《いんぎん》なのである。が、その礼儀正しい賑やかな歓迎の底には、いつも慇懃な拒絶が氷のように張っている気がする。ツングースの婦人たちは恋愛の歌や狩猟の歌や諧謔の歌を好むが、もしその席に自分の知らない人が居れば歌わないのが通例だそうである。幸子が恋愛の歌や自分を対象にした狩猟の歌を好んでも、興味のない男は結局「知らない人がその席にいる」のと同様で、彼女がその相手にむかって歌をうたうことはあるまい。好きな女が自分の投げかけた歌（恋愛の意志）に唱和してくれず、口を固く閉ざしているのを見た男は失望し、絶望するにちがいない。かくて男は上品な女のほほ笑みに送られて深良家のサロンから退去を余儀なくされるのだろう。

たとえ幸子から直接奥床《おくゆか》しい拒絶を受けなくても、客間の競争者に「狩猟」に強そうな者が現われたら、劣弱者《れつじやくしや》はそれだけで精神的な打撃をうけ、打ちのめされて敗退するしかない。その精神的な勝敗が決まるまでは、顔には平和な微笑を浮かべ、モーツァルトのロマンティシズムに聞き惚れた表情をしていようと、心理的には同僚との力の技《わざ》の試し合い、優越と敗北と、焦燥と嫉妬の、悲喜交々《こもごも》の波が起こっているにちがいない。

——それというのが、その二週間前の二度目の訪問の帰りのことだが、山根がバス停で立っていると、白い、貝殻の裏のようなボディの車が滑り込むように真ん前に停まって、青年が首を出した。それが山根が出るとき客間に居坐っていた石塚で、よかったら国電の駅までお送りさせてください、と言った。まるでアナウンサーのように潤《うるお》いのある声だった。

ていねいに助手席に迎え入れられたが、ハンドルを器用に動かしながら石塚が山根に訊いたことは、

(あなたもあの客間にはこれからずっといらっしゃるんですか？　失礼ですが、幸子さんとはどなたのご紹介で知りあわれたのですか？)

という言葉だった。

そのときばかりは、石塚の礼儀正しい言葉遣いとは裏腹に猜疑《さいぎ》と焦りの調子が露

骨に出ていたし、ハンドルの柔軟な手つきも数秒間は強《こわ》ばっていた。——あの短い経験でも山根にはわかる。
堀口永久が恋愛問題で悩んで自殺したのは、勤め先の主任の言う通りであろう。その遂げられなかった恋愛の対象が深良幸子だったこともおそらく想像通りだと思う。

山根は二学期末に入って忙しくなり、つづいて年末が近づくというあわただしさのため深良家には行けなくなり、借りた本は書留で郵送し、礼状を出しておいた。深良家に行こうと思えばその時間ぐらいつくれないことはなかったが、またもや英之輔の命令で客間の若者たちに紹介されるかと思うと少し気が重かった。たぶん、この前の顔ぶれには変化があることだろう。その意味では好奇心が湧かないこともなかった。だが、一方では堀口永久の自殺のことがある。堀口とは客間で一回きり紹介をうけた程度だから、幸子に会っても英之輔夫婦に面会してもべつに堀口のことを話題にしなくてもいいし、また話に出してはいけないのだろうが、やはりあのことが心に億劫《おつくう》さを感じさせる。どうも気持に引っかかって訪問を大儀にさせるのだ。堀口の首吊りは深良家の客間にとっても異変にはちがいないのである。

山根が本を送り返して四、五日目に深良英之輔内としてハガキが来た。本が届いたこと、年内に一度お話しに来られたいこと、でなかったら新年の五日には若い方々が大勢お集まりになるのでお遊びに見えられるように、といったことがていねいな文章で書いてあった。「内」とあるから妻の宗子か嫁の幸子の代筆であろう。きれいな筆跡であった。

山根は新年になっても年始挨拶には行かなかった。年賀状を出しただけで、五日にも出向かなかった。三十を越した自分を青年扱いにしてくれるのにはくすぐったかったが、やはりあのサロンの若者たちとは違和感がある。彼らの「競争者」と見られても迷惑する。幸子の晴着を見たい気持はあった。付下《つけさ》げでもよいが、やはり絵羽《えば》であろうか。でなければ、彼女の滲《にじ》み出る嬌姿《きょうし》にはそぐわない。

——それは二月の半ばだった。友人の一人に祝いごとがあり、夕方から或るホテルのダイニング・ルームで山根は六、七人の大学教師仲間と食事をしていた。客がいっぱいだった。

その途中だったが、山根はたくさんのテーブルを越えたずっと向こうに婦人客ばかりの組があって、その中に深良宗子の顔があるのを発見した。山根からいって方向が斜め横になる。ふいと顔をむけたときに、客たちの間に宗子が眼に入ったのである。それは五人の婦人で、だいたい宗子と同年輩にみえたから、学校時代の友人といったところらしかった。

宗子は、銀鼠《ぎんねず》の地色に黄色い点を散らしたような着物を着ていた。遠い視線だし、こういう場所での化粧のせいもあるだろうが、五人の友だちのなかでは目立っていた。同年輩といってもなかには老けてみえるのもいたが、総体にみんな派手な恰好だった。

そっちの方をじろじろと見るわけにはいかないけれど、ときどき何気ないふりで見かえっていると、宗子はしきりと友だちと話しては笑っていた。手もともよく動かしている。彼女のこんなにリラックスした姿を見るのは山根ははじめてであった。英之輔に仕えて、看護婦のようになっている姿とはまるで違っていた。自由と解放感とが彼女の表情、身の動きに溢れていた。

今夜ばかりは宗子は英之輔の世話を嫁に任せてきたのである。隔《へだ》りのない友だちと心おきなく自由自在に話している。それが彼女のひとときの享楽にみえた。

その一方では、幸子が姑に代わって英之輔を世話する情景が見えてくるのである。あの片側の外光が射し込んで背景のうす暗い部屋で見た幸子の嫋々《じょうじょう》たる姿。そして舅と嫁の親愛の場面を。

偶然なことに、双方のテーブルがほとんど同時に終わった。向こうでも婦人たちが立ち上がっていた。

エレベーターのところで一緒になるかな、と山根は思ったが、果たして予想通りのことになった。山根たちがエレベーターの前に佇んでいると、すぐに婦人たちが長い廊下を歩いてきた。宗子の視線が向こうのほうからこっちに向いている。山根はそれをはずすわけにはいかなかった。

彼は婦人たちの真ん中にいる宗子の前に行って頭を下げ、挨拶をした。

宗子も挨拶を返した。彼女のほうではここでの邂逅《かいこう》が思いがけなかったのか、その言葉がちょっと乱れた。

「……堀口さんは亡くなられました。自殺だそうでございますけれど」

宗子はその挨拶のあとで突然言った。唇の端をゆがめるようにしたせいか、皺が白粉《おしろい》の中で動いた。

6

なぜ、深良宗子は、

（堀口さんは亡くなられました。自殺だそうでございますけれど）

などと突如として言い出したのだろう、と山根は思った。たしかにホテルで遇ったときの宗子は、不意のことだったのでおどろいていたから、それで挨拶が多少乱れた点はある。先方にも連れがあったが、こっちにも数人の仲間が一緒だった。これもまた宗子をどぎまぎさせたのであろう。で、思わぬ言葉がとび出したのかもしれない。つまり、彼女は少しアガっていたのだろう。

このような経験は、だれにでもある。しかし、突然の言葉といっても、表現に順序が欠けているというだけで、意識の上では連絡があるのだ。深良宗子の場合を考えてみよう。

ホテルのエレベーターの前で不意に遇った宗子は、山根がときたま訪れてくる客であり、サロンの堀口とも会ったことがあると思ったのであろう。堀口の自殺は深良家にも衝撃だったので、その印象から山根もやはり深良家にくる客の一人としてその事件を知らせた、ということではなかろうか。

ほかの連れがたくさん居る前での短い立話だったため、途中の順序がすっぽりと抜けている。あの言葉には、それ以外どういう意味があるだろうか。

山根は、何かの小説で、ホテルの階段の途中で美しい人妻と偶然に出遇った男が、その女に（夫はリオ・デ・ジャネイロに行っております）と、いきなり言われてうろたえる場面を読んだことがある。その小説の男の心理によれば、女がしばらくぶりに遇ったので相手が忘れていないかと思い、夫がリオに行っているといえば、それは社用の駐在だから会社関係で夫のことも自分のことも憶《おも》い出してくれるだろうという気持から、その唐突な挨拶になったにちがいないと考える。が、一方では、夫がブラジルに長く行っているので自分は無聊《ぶりよう》だからという人妻の誘いにもとれそうに想像したりするのである。

山根は、堀口さんは亡くなられました、自殺だそうでございます、という宗子の言葉に、前に読んだ小説のことを連想したのだが、もちろん宗子の表現には「誘い」を空想させるようなものはない。

ただ、自殺だそうでございます、という宗子の言い方にはどこか突き放した響きがある。――何で自殺したかわからない、だが、それは深良家とは何も関係のないことだ、というニュアンスが「……だそうでございます」という彼女の言葉に現われているように思える。

すると、あれは堀口の縊死について宗子が先回りした弁解ともとれなくはないのだ。堀口の自殺はたぶん山根も新聞で読んでいるだろうと彼女は考え、早くその原因の無関係を彼に言いたかったのではないだろうか。

すると、次第にそれが当たっているように山根には思われてきた。堀口の自殺と深良家とはなんの因果関係もないという宗子の端的な「発表」だったのではないか。深良家といっても堀口は「客間」の顔ぶれの一人だったから、幸子とのつながりである。英之輔夫妻にはまったく関わりはない。堀口の首吊りが嫁の幸子に原因があるように取沙汰されては迷惑だから、そうではないことをふいに遇った山根に宗子は断わったのであろう。それが「……だそうでございます」という第三者からの伝聞的な表現となった。宗子は嫁を防禦《ぼうぎょ》している。

とすれば、あれはやはり宗子の弁解であろう。堀口は幸子に失恋して死んだというのが真相にちがいない。もっとも彼が幸子から鄭重な拒絶を——その面目を傷つけないように奥床しい峻拒《しゅんきょ》を受けたか、あるいは客間の狩猟競争者に圧倒された結果か、そのへんのところはよくわからないが。

山根がホテルでの宗子のひと言をこのように空想的に分析することに飽きはじめたのは、それから二カ月くらいも経ったころで、そのじぶんになって彼はもう一度深良家を訪問する必要を生じた。

ある本屋から頼まれて彼は法制史の話を書くことになり、その中に十八、九世紀の中央アジアの習慣をとり入れたくなった。そう考えたのは、前に借りたロシア人の探検旅行記の一章に思い当たったからで、あのとき複写しておくかメモしておけばよかったものをそうしないで返してしまったのだ。こんど文章を引用するとなると、どうしても原著を見なければならない。

四月の半ばごろで、高台のあたりは新緑でいろどられていた。山根が此処に初めてきたのは去年の秋で、いま青く繋っている亭々《ていてい》たる銀杏《いちょう》が黄色かった。深良家の玄関には来客の靴がなかった。今日はそういう「面会日」ではなかったとみえる。

玄関に出た女中は、

「奥さまも若奥さまもお出かけでございます。お取次しましたところ、旦那さまがどうぞということでございますから」

と、彼を招じ上げた。それで靴がならんでない理由がわかった。宗子も幸子も家に居ないというのは珍しいことなのだろう。幸子はともかく、看護婦役の宗子が女中任せで英之輔を残しているのはどういうことか。この前ホテルで遇ったときは宗子が幸子を留守役にしていたと思い、舅に仕える嫁の情愛を山根は想像したものだった。

英之輔は、この前のように彼の部屋にいた。が、山根が意外に思ったのは、英之輔が赤いスウェーターに青いズボンをはいて、その入口に山根を迎えたことだった。

「やあ、いらっしゃい」

声も高かった。

満面に笑みを浮かべたその表情も眼の色もいきいきとしていた。手をさし出して握手さえするのである。それにも力が入っていた。

「あいにくと家内も嫁も出ていましてね。まあ、お掛けください」

安楽椅子はあったがそこには掛けずに、窓ぎわに近い来客用の普通の椅子にテーブルをはさんで掛けたものである。その椅子も卓子も例の装飾性の多いものだったが、安楽椅子のほうが病人にずっと適切なことは言うまでもない。

「しばらくお目にかかりませんでしたが、ずいぶんお元気そうですね」

お世辞ではなく、山根は心からそう言った。実際、英之輔は人が違ったようになっていた。服装の派手なのは前からだが、それでも真赤なスウェーターに青色のズボンという原色がゴルフ・クラブにでも居るような支度だった。

「ときどき、こうして気分を変えてみるんです。家内や嫁の前だとおこられますがね。しかし、あんまり病人扱いされるのも気分が滅入《めい》ります」

英之輔は笑った。

英之輔のこの明るさはどこから来ているのだろうかと山根は思った。気づいてみると窓はいっぱいにカーテンが開けられ、外光をふんだんに中にとり入れた上に、室内には灯がいっぱい輝いていた。人物の片面だけが一方光線に浮かび上がって背景が極度に暗黒なレンブラントの画法ではなく、いまあるのはピンクや黄や淡青《うすあお》の明るい色彩を豊富に塗りつけた新印象派の画布の世界だった。その中に置かれた英之輔のフランス風な伊達者《ダンディ》スタイル。

英之輔は糖尿病である。それもかなり重いように聞いていた。顔色がよくない。水をやたらと欲しがる。糖尿病患者は咽喉がよく乾くと人に聞かされていた。これまでの英之輔は安楽椅子に倚《よ》って背を曲げるか、うしろに投げかけるかしていた。気息奄々《きそくえんえん》とまではいかないにしても、妻に看護婦のように世話され、嫁に世話されてぐったりとなっていた。それがいまは見違えるほどであった。

英之輔の言葉から妻や嫁の過剰な世話を嫌い、二人が家に居ない今は、その束縛からの脱出を試みているのだと山根は知った。人前では我儘《わがまま》なふうにみえる英之輔も、実は弱気な主人なのであろう。いつも病気の昂進を懸念して命令しているような妻、そしてその姑に従う嫁の監視の下におかれている彼は、その弱気を客の前では逆なかたちで出している。横暴、頑固、至上命令、指揮権などを大げさに振りまわしてみせる。客の去ったあとは、また力なく萎《な》えてしまうにちがいない。病気に悪いとか身体によくないとかいう家族の言葉は、当人の利益を考えてくれているだけに抵抗のしようがないのである。妻は親身になって介抱すればするほど看護婦の権威をもってくる。我儘を許さないのだ。病人にとって、これは弾圧に近い。

英之輔のいまの姿は、その桎梏《しっこく》から脱《のが》れたひとときの自由であり、弾圧者に対する抵抗、反逆であった。そのためかどうか、彼の生彩ある様子といったらなかった。

山根が本の借出しを申入れたときも、英之輔は自分から先に立って二階の亡き息子の書斎に案内した。山根は恐縮したが、他家の部屋に入るので、勝手がわかっているからといって断わることもできなかった。

書斎でも英之輔はよく話した。書棚から本を取り出す間だけだから、ほんの数分間だったが活発に雑談するのである。

「それは、そうと」

と、英之輔は思い出したように言った。

「五カ月くらい前に、家に遊びにくる青年で堀口君というのが自殺しましてね。ご存じですかな？」

　質問が、堀口を知っているのか、彼の自殺のことを知っているのか、どっちともとれて山根は迷ったが、英之輔は山根が両方ともに詳しくないとみたか、

「一度くらいあなたをお紹介《ひきあわ》せさせたかもしれませんな。憶えていらっしゃらないでしょうが、その青年が首吊りしたというんですな。おどろきましたね。どういうことだかわからないけど、いまの青年は無神経だと思っていたが、そういう感傷的な青年もまだ居るんですな」

　と、世間話のような調子で言った。

　宗子の言葉と英之輔の言葉とは一致していた。共に、堀口の自殺が当家とは関係がないという口吻《くちぶり》なのである。

　ここでも前の推察を生かせば、深良夫妻は嫁の幸福のためにその防衛につとめているということになる。夫妻はやはり幸子に婿養子をとってやってこの家を嗣《つ》がせるつもりらしい。婿を貰う前に、妙な噂が立っては困る。それへの防禦だとすれば、今度は幸子を目あてにやってくる若者たちをほとんど無制限のように客間に入れている夫妻の気持がわからなくなる。狩猟者どもを集めるなら、そのようなスキャンダルは立ちやすいではないか。

話題が変わったのは、堀口の自殺から「死」の問題に移ったためだった。

「ぼくはね、なかなか死なないと思いますよ。なぜかというと糖尿病の患者はおいしいものが食べられませんからな。粗食です。粗食する者は長生きしますよ」

英之輔は誇らしげに言ったあと、

「これは家内には言わないでください。粗食という言葉を嫌いますからな」

と口止めした。

女中が来て、医者が来ていることを英之輔に告げた。

「あ、そう。そいじゃ下りましょう」

英之輔は山根を促して階段を降りた。これも縺《もつ》れた足どりではなく、健康者のそれに近かった。

往診の医者は黒い往診鞄をかかえて部屋の隅で患者を待っていた。四十前後の小《こ》肥《ぶと》りな人で、背が低く、赭《あか》い顔をしていた。

「おう、今日はまたお元気ですな」

医者も英之輔を見て笑い、鞄を開いた。

英之輔は赤いスウェーターを脱ぎ、安楽椅子に掛けた。シャツをたくしあげて胸を出す。

山根は帰る機会を失って、借りた本を持ったまま隅に立っていた。聴診器を当てられる英之輔の胸は狭かった。医者はそれに聴診器をひととおり俥《は》わせたあと、近ごろの状態を訊いた。英之輔は、調子はまあまあだが、それほどよくもないと答えた。

「お食事のほうは？」

「食欲はわりと減退しませんな。けど、こわいので、いつも空腹状態です」

「腹八分目なら、甘いもの以外、何を食べられてもいいんですよ。米のご飯をお食べになってもいっこうにさしつかえありません。肉類でも少な目ならかまわないんです。あなたは肥りすぎの方と違って、条件がいいんですから、そんなに神経質になることはないと思いますよ」

「米のご飯はやっぱりこわいですな。それで麦を少し入れさせています。豆腐、おから、こんにゃく、そういうものを野菜といっしょに相変わらず食っています。そうでないときはパンです。このごろはアメリカ人などが食べているライビタというライ麦の粉、あれを牛乳に溶かしてオートミルのようにして食べていますが、あれはうまくないですな」

「それは理想的ですが、もう少し脂肪ぶんをおとりになってもいいんですよ」

医者は英之輔の返事に答えた。

「なにぶんにも家内が怕《こわ》がるんです。食餌《しょくじ》療法には彼女も一家言をもっていて、きちんとそれをぼくに守らせるんですな。近ごろはインシュリン注射を先生の指示通りに毎日打ってくれます。けれど食餌療法も以前とは違うということを先生から伺っていますが、家内はやはり旧い女でしてね。糖尿病というと、昔の食餌療法に強い信仰をもっているのです。……しかし、ぼくもそのタイプの一人でしょうな。やはり食べものには臆病なんですよ」

「医者としてはそういう患者さんのほうがありがたいのですがね。けど、栄養のほうも心がけていただかないと、やはりその、アンバランスになるといけませんからな」

こういった問答のあと、医者は英之輔に腕を出させて皮下注射をした。それがインシュリンらしかった。そのあと、医者の要求で英之輔は自分の尿を取るために、渡された試験管を持って部屋を出て行った。

山根は医者と二人きりになったので、仕方なく医者に話しかける立場になった。

「深良さんのご病状はどうなんですか」

医者は訪問客に、英之輔の糖尿病はそれほど重症ではないと言った。それがまるきり客を安心させる言葉でもないことは、さきほどの問答でも察せられた。

「しかし、深良さんは、いつもお見かけしたところでは、ご病気のほうがそう軽いようには見えませんが。今日はとくべつお元気のようですけれど」

「決して軽症というわけではありません。けど、ひどく心配するほどの重症というのでもありませんね。わたしは一週間に一度こちらに往診に伺っていますが、インシュリン注射は毎日でないといけないので、奥さまに注射薬をお渡しして打っていただいているのです。皮下注射ですから、家族の方にでもできるのです。ほんとうは医者がやるんですが、毎日はわたしも来られませんから」

医者はそう言って、奥さまはご主人の股のところに注射されているようだとつけ加えた。それからつづけて言った。

「いま、お話をお聞きになったように、奥さまが心配なさって食事に気をつかわれているんですな。少々気をつかわれすぎているような傾向ですな。で、奥さまが万事に気をおつかいすぎだから、ご主人のほうも重病人意識になるんですね。すっかり弱々しい様子になっていますな。今日は奥さまや若奥さまがお留守だということで、ご主人もちょっとお元気のようですがね」

医者の言葉からすると、こういう「元気になる」例がときどきあるらしかった。

「あんまり食餌療法にご家族で神経質になっていらっしゃるから……少々栄養失調気味ですな」

医者は声を少し落として言った。それは医者がすすめてもこの家の者は昔ふうな食餌療法の信仰を頑《かたく》なに守っているから仕方がないというふうにも聞こえた。

英之輔が部屋に戻ってきて袋に包んだ試験管を渡すと、医者はそれを鞄の中に入れ、お大事にと挨拶して帰って行った。

「いや、どうも不恰好なところをお見せしました」

英之輔は山根に詫びて、女中にコップの水を持ってこさせた。

「きみは、あっちに行っていい」

女中を去らせた英之輔は、机の抽出《ひきだ》しを鍵で開け、茶色の封筒をとり出した。その中から出したのは青い色の薬袋《やくたい》だった。彼はその包みの一つを開け、片手にコップを握って、仰向いて開けた口の中に入れた。それは、うす茶色の粉だった。

妻や嫁が飲ませていた桃色の紙に包んだ白い粉末ではなかった。

7

山根は百科事典で糖尿病の項を見た。

《病理》《原因》《症状・合併症》《診断》《予後》《治療》などに分かれて詳しく解説されてある。そのうち関心を惹《ひ》いた点だけをまとめると、こういうことになる。

《ある学者が実験の動物に脂肪とトリプトファンを多く与えて糖尿病を起こし、その原因が異常代謝によってできるキサンツーレン酸によることを証明し、美食が糖尿病の発病と関係があると報告している。精神的な苦しみのあとで糖尿病になることも古くから知られているが、間脳《かんのう》と糖尿病との関係が新しく注目されつつある》

《老人性糖尿病は若年性糖尿病に比べて一般に軽症で、血糖もあまり高くならず、インシュリンに鈍感であることが多い》

《尿糖のため尿量が多くなり水分が失われる結果、咽喉《のど》が乾いて多飲となり、糖分を要求して多食するのに反して痩せることがいちばんめだった症状である。全身倦怠がひどく、皮膚が乾燥し、気分もいらいらして、男性では陰萎《いんい》に悩まされる》

《糖質を制限すれば蛋白質、脂肪でカロリーを補う必要があるが、中年以後に脂肪をとりすぎることはよくない。日本人の糖尿病の食餌としては、まず炭水化物二五〇グラムから三〇〇グラム与え、これでなおらない糖尿病にはインシュリンを使う山川章太郎の食餌療法は興味深い。米飯をやめる必要はなく、大豆は糖質の多いのに比して血糖を上げないので、豆腐、おからはよい食品である。インシュリンは一日一回の注射で済む持続性のものが多く使われている。インシュリンは量を誤ると低血糖症を起こし、生命の危険を起こすこともあるので、医師の指示に従って使用しなければならない》

《糖尿病患者はインシュリンの注射を中止することができないから、古くからこれに代わる内服薬が求められていた。スルファミン誘導体のＢＺ５５、Ｄ８６０などは中年以後の糖尿病によくきくことが認められてきた》

――深良英之輔の糖尿病がどの程度のものか素人の山根にはもとよりわからなかったが、英之輔の様子を見るとかなり重いようである。彼はよく水を求めた。顔色に艶がない。日ごろの動作がひどく大儀そうである。安楽椅子に掛けてぐったりとなっている。全身倦怠感著明、皮膚は乾燥、情緒不安定、焦燥感増大といった右の外見症状に当たりそうである。

あの家で遇った医師は、英之輔の糖尿病は決して軽症ではないが、そう重症でもないと言っていた。百科事典の教えるところでは、中年以後の糖尿病は普通には合併症も起こさず、それほど昂進もしないとある。その意味では、医者の言葉と一致するが、英之輔の容態は、見たところ、その標準よりは重いようである。妻や嫁があのように彼に気をつかうのは、もともと医者の指示があってのことにちがいない。宗子はそれを神経質なくらい厳重に守り、夫の病体を管理するのであろう。その管理は、たまたま妻とその命令の服従者である幸子の留守に、英之輔が「抵抗」を見せるくらいに彼には窮屈なものなのだ。うるさい看護婦のようなきびしい管理下にあると、英之輔もしぜんと重患意識になっているのであろう。

英之輔の病勢の実際がどうなのかはわからないが、医者がそれほど重くはないと言ったのは、自分を来客とみての配慮だろうと山根は思った。あの家の主人の病気は重いと医者が言明した、と客の口から世間に言いふらされるのをおそれたのかもしれない。英之輔のように未だいくつかの会社に大株主として影響力を持っている人間の病気には関係者の関心も強いというものだろう。

糖尿病の原因が「美食」にあることくらいは山根も知っていたが、精神的な苦悩もその原因になるとは初めて知らされたことだった。「間脳」というのは、同じく事典によれば、左右の大脳半球の間にあって、生命の維持という点では脳全体として最も重要な部分で、意識行動や精神作用とかを掌《つかさど》る点では他の脳組織には及ばないが、原始生命の維持ということになれば絶対に必要な部分だという。よくわからないが、この間脳と糖尿病とは関係があるらしい。

英之輔の精神的苦悩が何であったかは、山根が知るよしもない。彼の糖尿病はだいぶん前からのようだから、その精神的な苦しみが以前の事業上のことにあったのか、または個人的なものだったかはわからない。前者は事業人として考えられやすいが、後者は見当もつかなかった。あのような魅力ある妻をもつまでにどのような葛藤があったのか。若いときの宗子は、さぞかし美しい女だったにちがいない。

また、あしかけ三年前に一人息子の英一を喪ったことも英之輔には打撃だった。たしかにこれは精神的な苦悩である。しかし、糖尿病の発病はその時点よりも前だったようである。やはり根本的には彼の「美食」にあったとみてよい。

いくつもの会社の役員を兼ねていた英之輔は、その種の職務にありがちな宴会などが多くて美食生活が長くつづいていたのだろう。彼が「粗食する者は長生きしますよ」と言ったのは、その実感からくる医療哲学であったろう。

ただし英之輔は自分がこう言ったとは妻には内緒にしてくれと山根に口止めした。

(粗食という言葉を家内は嫌いますからな)

そこに宗子の見栄《みえ》があるようだった。が、それは当然で、典雅なロココ風な館《やかた》に住んで贅沢な暮らしをしている家庭の主《あるじ》が、たとえそれが病気のためとはいえ、「粗食」しているとは世間体を想う妻が恥ずかしがるはずであった。

それから十日も経ったころ、山根は日本橋の丸善に洋書を求めに行った。用事が済んでぶらぶらと歩いていると近くのデパートに「ヴァン・ゴッホ作品展」の垂れ幕が下がっていた。それは或る新聞社の主催なので、山根も何日か前からつづいている一種の宣伝記事をその新聞でちらちら見ていた。

行ってのぞいてみようかどうしようか、日本人はゴッホが好きだから人が多いだろう、その会場の混雑を思うと億劫でもある。そんな気持で垂れ幕を眺め眺めして歩をゆるめていると、デパートの正面玄関横に来た。そこには店から出た客の群が佇み、駐車場から上がってくる車を待っていた。

その中に、山根は深良幸子を見た。が、それは最初に眼に入ったのであって、つづけてその横にいる宗子を発見した。この視線の順序は、やはり若い顔と華美な色彩からである。幸子は派手な洋装で、宗子はその母親らしい地味な和服であった。

このときも山根は、もし先方で気づかなかったら黙ってこっち側を通り過ぎるつもりであった。しかし、今度は幸子と顔が合った。距離はあったが、おどろいたようにこっちを見ている。山根は覚悟して走り出る車の前を横断してそっちへ歩いた。

「しばらくでございました。この前はお留守中に伺って失礼しました」

山根は宗子に言った。

「帰ってから主人に聞きました。わたくしのほうこそ留守しておりまして失礼しました」

宗子は腰を折った。

「お留守中でしたが、お父さまにお願いしてご本を拝借しました」

山根は、二、三歩あるいて幸子に挨拶した。というのは、両人の間に人がはさまっていたからである。

「父から聞きました。どうぞ、そういう御用のときはいつでもいらしてくださいませ」

幸子は濃い目の化粧だったが、このとき眼のふちを少し赭《あか》らめていた。これもこの前ホテルのエレベーターの前で出遇った宗子の場合と同じように急に会ったせいかと思ったが、今度は山根の思い違いだった。

「あの、ご紹介させていただきます。……こちらは森田さんとおっしゃいます。わたくしのほうにおいでいただいているお客さまのお一人ですわ」

宗子が隣の男を指したので、今まで群衆の一人だった男がにわかに山根の眼に有縁者として出現した。宗子と幸子の間にいた見知らぬ青年の上に光線が降りそそぎ、その顔や体格や身装《みなり》を明確に浮き出した。

「森田三郎と申します。どうぞ、よろしく」

体格のいい青年は、眼を山根に注いだまま、腰を三十五度くらいの角度で折った。

待っている車の来かたがもう少し遅かったら、森田三郎についての紹介が宗子なり幸子なりによってつづいただろうが、あいにくと、あるいは幸いにも、磨いた黒曜石でできたような外車のハイヤーが滑ってきて三人の前に停まった。

「では、ごめんあそばせ。どうぞ、また、家にいらしてくださいまし」

宗子は山根にていねいにおじぎをし、運転手が顔を伏せてドアを開けて待っている方へ歩みかけた。が、そこで、ふと振り返って、

「今日は幸子のおつき合いで、ゴッホ展を見にまいりましたの」

と山根に微笑を見せた。高層ビルの端から洩れる陽光が宗子の細かい皺をくっきりと描きわけた。

「失礼します」

渋い声を出した森田という男は、がっちりとした体格に包んだ冴えた青い色のダブルの前ボタンに片手の指を掛け、またもや三十五度の敬礼を山根に捧げて宗子の横の座席にもぐりこんだ、その四角い顔がうす暗い車内でも外からよく見えた。

「ごめんあそばせ。……あの、またお目にかからせていただきます」

幸子は礼儀正しく、しかし言葉少なに山根に挨拶した。きれいな脚を外側で揃え、それを座席の前に回転させると運転手が鄭重にドアを閉じた。

車では座席の両端が楽なので、三人の順番は当然であった。が、外見では青年が二人の婦人にはさまれて幸せそうな恰好になった。窓ごしに頭をさげた三人の顔が山根の眼に残像となった。

森田三郎という男は三十ちょっと前ぐらいに思われた。挨拶のときに正面から見たのだが、額がひろく、眉が濃く、眼は芒《すすき》のようにきれ長で細かった。この眉も眼も吊り上がったような感じであった。鼻が大きく、長い口は唇がうすくてその両端はくぼんでいるくらいに引きしまっていた。顴骨《ほおぼね》が出て、顎が四角形という、いかにも意志の強そうな人相であった。身長は一八〇センチくらい、体重は七〇キロ以上はありそうで、柔道や剣道では有段者でも上級のほうという感じであった。

どういう職業の青年なのか聞き洩らしたけれど、森田三郎が深良家の客間の猟人であることは宗子の言葉でも間違いなかった。山根は去年の十一月初め以来、あの客間をのぞいていないので、この半年ばかりの間にサロンでどのような新陳代謝が行なわれたかはわかっていなかった。森田三郎がその期間に新人としてそこに登場していたことは間違いなかった。だれか先輩が彼をそこに挽《ひ》いて行ったのであろう。それにしても森田三郎の印象は、あの客間の常連（異動が多いが）にしては、少しタイプが違っていた。あそこに集まる青年らはたいてい音楽好きとか、あるいは機智ある会話をたのしむ文学好みといった型できまっていた。失望して足が遠のいた野崎も、自殺した堀口もその例外ではなかった。風貌、体格だけの印象でいえば、森田は何かもっと武断的な感じであった。

　宗子は車に乗る前に山根を見かえって、

（今日は幸子のおつき合いで、ゴッホ展を見にまいりましたの）

　と補うように言ったが、あの一言が深良家における森田三郎の位置を説明しているように思われた。

　今日もまた宗子と幸子とは、病人の英之輔を家に置いて外出している。デパートにゴッホ展を見に行くというのは遊びではないか。その遊びの中に森田三郎が居る。病気の英之輔を家に放置してまで宗子と幸子が森田と連れ立って出るのは、森田と幸子との間の確立を象徴しているようであった。げんに宗子は、今日は幸子のおつき合いです、と言っている。これは客間に幸子が多くの青年たちを集めていることに対しての夫妻の「承認」が、数歩すすんで、その中の特定の青年との交際を「承認」したことになりそうだった。

もとより英之輔の「承認」なしにはこのことは行なわれまい。この前に山根が本を借りに行ったときも、宗子と幸子とは留守だった。あの日も義理の母娘は森田三郎と一緒にどこかに遊びに行っていたのかもしれない。これはもしかすると幸子と森田との婚約が成立したことを意味するようである。

そうだとすれば、幸子と森田との婚約中の交際に宗子がいちいちついて回るのは、一人娘を愛情過多な母親が監視しているのに似ている。もっとも宗子にしてみれば、再婚させるために亡き息子の嫁を実家にも還さずに留め置いていたのだから、養子婿を択ぶにもよほど慎重でなければならない。これには深良家の財産がかかっている。もし幸子と森田と二人だけを自由に外に遊びに出せば、近ごろのことで、その間に退引《のっぴ》きならぬ関係が生じそうである。そうなるとすべて手遅れである。宗子が幸子の「お供」で付添っていればそのような「間違い」は起こらないし、宗子は、その監視的な観察をつづけているうちに森田に対して欠点を見つけ、破約することができる。つまり深良夫妻にとっては、嫁の身体よりもむしろ自分たちの財産の安全のためにこの監視は必要なのであろう。

それにしても幸子と森田とがとにかく一応婚約の段階に達したとすれば、あの家のサロンは急に寂《さび》れるにちがいなかった。あるいは堀口のように自殺するような青年が出てくるかもしれない。まあ、たいていは野崎のように割り切って諦める若者ばかりと思うけれど。堀口のように気の弱い男は少なかろう。

気が弱いといえば、ちょっと遇った印象だが、森田三郎は積極果敢な人間に思われた。知的な狩猟者たちが互いに牽制し合い、教養ある競争をしている客間で、彼だけは武断派らしく獲物にむかって猪突《ちよとつ》したのであろう。他の競争者が眉をひそめようと嘲笑しようといっこうにおかまいなく野蛮につき進んだのではなかろうか。吊り上がった眉と眼は勇敢を表わし、横一文字の口と、出張った顴骨と、四角い顎とは頑強な意志を露出し、大きな鼻と、がっちりした図体は、精力的な活動家を思わせるのである。

たぶん森田三郎は深良英之輔にも宗子にも婿の候補として気に入られているように山根には思われた。だからこそ宗子は心配な夫を家に残して、幸子の「お供」で出ているのだろう。

英之輔は英之輔で、厳格な宗子の過剰な管理下をのがれて、家でその「自由」を満喫し、妻の留守にその「弾圧」への抵抗をいきいきと試みているにちがいなかった。宗子は医師の指示に従って毎日インシュリンの注射を彼の肉体に試み、医師がひそかに「栄養失調」だと洩らしたくらい昔ふうな食餌療法を厳重に施行し、さらに桃色の紙に包んだ白い薬を時間ごとに服用させている。その強制への鬱憤晴《うっぷんばら》しが、この前の姿だったのだ。

ところで、と山根は考える。この前の妻と嫁の留守に英之輔が飲んでいたのは、白い粉薬ではなく、茶色の粉薬であった。女中をその場から去らせ、鍵を使って机の抽出しからその薬を出した。あれは宗子にも幸子にも内緒のものらしい。医師からもらったものとは思えないが、あれは何だろう。糖尿病に利く民間医薬の特効薬だろうか。

ここで山根は糖尿病の特徴的な症状の一つが《男性では陰萎に悩まされ》というにつき当たって、茶色の粉薬の謎が解けたような気がした。そうして、その解釈には、いつか見た片側光線の暗い部屋で長椅子に倚った英之輔と、彼に寄り添った嫁の幸子の纏綿《てんめん》たる情緒の場面が手伝っていた。

山根が借りた本を高台の家に返しに行こうと思いながら、日本橋のデパート前での宗子と幸子の出遇いから二カ月ほど経った。

ある日の朝刊は山根の眼を震わせた。活字は深良家の惨劇を伝えていた。

――二十日午後三時ごろ、建設会社技師森田三郎（二九）が港区南麻布××番地元会社役員深良英之輔さん（五九）の妻宗子さん（四八）を品川の旅館内で絞殺したあと、連れは眠っているから起こすなと旅館に金を払って言い残して出たあと、深良家に行って同家の長男の未亡人幸子さん（二八）を呼び出し、付近の雑木林で無理心中を迫っているところを、通りがかりの所轄署員のパトカーが職務質問し、森田が犯行を自供したので逮捕した。森田は、幸子さんとは恋仲だが、四カ月前から宗子さんと親しくなっていて、幸子さんとの結婚に宗子さんが反対し、かつ宗子さんが森田に執拗に関係の継続を迫るので不倫の間を清算するために殺害し、そのあとで幸子さんと心中するつもりだった、と述べている。また森田は、宗子さんの相手は自分だけではなく、深良家に出入りしていた他の青年とも親しくしていたのがわかってそれへの憤慨もあった、と言っている。……

8

山根は、しばらくは新聞の報道が信じられなかった。

《……森田は宗子さんの相手が自分だけではなく、深良家に出入りしていた他の青年とも親しくしていたのがわかってそれへの憤慨もあった、と言っている》

という記事の《宗子》が《幸子》の誤植ではないかと思ったくらいである。

しかし、日が経つにつれ、記事の内容つまり深良宗子を殺したあと、幸子と無理心中しようとした森田三郎の自供が次第に腑《ふ》に落ちてきた。

それは深良家の客間にくる青年たちの出入りに異動があったことである。一人の人間がずっと変わらないというのはなかったではないか。あのサロンにはいつも数人が詰めかけて幸子と話していたが、顔ぶれの交替は激しかった。だれも永つづきがしなかった。

客間への紹介は先輩が新顔を連れて行くかたちで行なわれた。新宿で遇った野崎も言っていた。

（石塚とぼくとは前からの友人だが、ほかの人とはあそこの客間で顔を合わせてはじめて知った。石塚は前から深良家に出入りしていて彼がぼくを引っ張って行った。その石塚はまた別の人に引っ張って行かれたんだが、その人はもう出入りしなくなっている。各人にそれぞれ時期のズレがあって、一人が三カ月から半年、それぐらいの出入りではないだろうか。ぼくは三カ月前からあの家に行っているが、もう足を踏み入れることはないだろう）

野崎の話にある現象をどう解釈したものかと当時はわからなかったが、新聞記事による森田の自供をそれに当てると不可解なところがよほど透明になってきた。

客間の若者たちから相手を択んでいたのは宗子であった。幸子は姑の囮《おとり》だったのだ。英之輔に看護婦のように仕えていた宗子の姿からは想像できないことだが、森田の自供がそれを説明している。

嫁の幸子が客間に若者らを集めていたのを英之輔夫婦の「承認」の下に行なわれていたと山根は思っていたのだが、それは「承認」ではなく宗子の奨励だったのだ。もちろん宗子は幸子に実際の計画を打ち明けている。その意味では姑と嫁の共謀であった。

ロマンティックな古典音楽の鳴るロココ風な客間で、おしゃれした若い未亡人の幸子は青年たちにまんべんなく気を持たせるような嬌笑を配り、狩猟者らの心を引き立ててきた。が、実際の狩猟者は宗子であった。彼女はまるで舞台の袖から、機智ある台辞《せりふ》を交す男役者どもを、こっそりと覗き見している中臈《ちゅうろう》のようなものであった。自分たちが宗子に吟味されているとは知らず、幸子の心を射ようと連中は互いが競い合っていた。

青年たちには幸子も目あてだが、彼女に付いている深良家の財産も魅力だったにちがいない。幸子の身体とその財産とはひと組《ワンセット》である。「中臈」の吟味が終わると、幸子が名指された相手をとりもつ。宗子は嫁の若い客を横取りしたのではなく、協力させたのである。

幸子はよろこんで姑に協力したであろう。彼女は夫の死んだあとも実家に帰らなかった。帰ろうと思えばその意志で帰れたにもかかわらず、婚家にとどまっていたのは、やはり財産だったのだ。舅も姑もいつまでも生きているわけではない。二人とも居なくなれば幸子はその財産をうけついで好きな男と結婚し贅沢をすることができる。舅の英之輔は年齢《とし》もとっているし糖尿病をわずらって病身だ。姑の宗子は少々若いけれど、舅さえ死んでしまえば姑は始末しやすくなる。幸子にこのような下心があれば、姑への協力は吝《やぶさ》かではなかったはずだ。

山根はホテルの食堂やエレベーターの前で遇った宗子が、たぶんは同級生と思われる婦人たちの中でいちばん若々しく見えたのを思い出した。彼女は友だちとよく話し、よく食べていた。英之輔の傍に侍しているときとは打って変わり、精力的にさえ眼に映った。日ごろは隠れて見えなかったものである。

あの若さ、中年女にみえる一種のエナージイといったものはどこに発源するものだろうか。

彼女はその意味では夫の英之輔に何も求めることができない。《男性では陰萎に悩まされる》という糖尿病患者の特徴。かてて加えて彼は宗子より十一歳も年上であった。そうして彼の糖尿病は数年間にわたっている。中年のさかりをすぎた女の孤独は、急速に彼女の肉体を凋落《ちょうらく》させ、若さを喪わせるものである。

宗子が若者たちを求めていた衝動と彼女の若さの秘密は、どうやらこのへんにありそうである。彼女の衝動については同じく森田自供の記事が説明している。

《森田は幸子さんとは恋仲だが、四カ月前から宗子さんと親しくなっていて、幸子さんとの結婚に宗子さんが反対し、かつ宗子さんが森田に執拗に関係の継続を迫るので……》

宗子に、はじめからそのような体質があったとは思われない。彼女は英之輔の病気によって禁欲を強いられていたが、何かのはずみに客間の若者と一時の交渉をもったとき、抑圧されていたものが火を噴いて出たのであろう。それからはその本能が彼女を抑止できなくした。

宗子はおそらく同一の青年とは長く交渉を持ちたくなかったのであろう。永続は深良家の崩壊となる。永続によって彼女の「情人」となりきった若者は、深良家の財産について無限に要求しつづけるであろう。これは危険なことだ。夫の英之輔の手まえもあるが、彼女にとっては財産の守護が第一であったろう。

宗子に一時の愛を享《う》けた青年はどうなったか。この場合、彼らは「中繭」よりもはるかに純情であった。幸子の姑の欲求を充たしてやったとは信じない。不道徳感が彼らを支配する。とくに宗子に縁切りを宣言されてからはそれが著しくなるのではないだろうか。

彼らは、幸子に顔が合わせられないという気持になる。幸子の姑への執《と》りもちというのは、さりげなくその機会をつくるという協力だけであったから、行儀のよい青年たちは幸子の共謀には気がつかなかったろう。宗子に誘惑されて不倫な関係を結んだと一途に思いこむ。こうして、「中繭」の寵愛《ちようあい》をうけた青年らの深良家サロンからの退場がはじまる。新人が紹介者によって補充される。

デパートの美術部員堀口永久は、その中でも最も純情な青年だったにちがいない

——と山根は考えつづける。

堀口の自殺は、宗子との一時の関係によって幸子に望みを失ったのが原因にちがいない。髪の縮れた堀口は心から幸子に愛を寄せていたと思う。もし、彼が片脚でも深良家の財産に掛けていたら、その恋情には物質的なものがまじっているから、自殺するほど思い詰めることはない。ただ、深良家に寄りつかなくなるだけだ。

新宿で出遇った野崎がその一人である。彼は堀口のようには自殺しなかったが、もう深良家に行くことはない、と寂しそうに言った。それが大多数だったのだろう。

彼らのなかで、いったい何人が宗子に愛されたのだろうか。宗子の火遊びがはじまったのが一年余り前としてその間だと、野崎、堀口などを含めて五人か六人というこ とになりはしないか。森田はべつとして一人との交渉が長くて二カ月くらい。一、二回限りというのもあったろう。その情事のぶんだけ宗子は夫に尽くした。

ここで少し奇妙なのは英之輔の態度である。あれはまるきり宗子にだまされて、客間に若者らを集める嫁の行為を「承認」していたのだろうか。ここでも野崎の言葉が思い出される。英之輔夫妻は幸子が若い者を家に呼ぶのを何とも思ってないのかという山根の質問に、

(何とも思ってないどころか、あの夫妻はそれを歓迎しているようですよ)

と言った。そうして別れるときに、

（あの英之輔氏夫妻はちょっと変わっていますよ）

と野崎は呟いたものである。

変わっているという意味がいまになって山根にわかりかけていた。年寄りで、糖尿病患者の英之輔は、妻の行為にうすうすと気がついていたのではなかろうか。彼は妻の行為に暗黙の「承認」を与えていたのではないか——。

山根が思い当たるのは、男の機能を喪った著名な芸術家が自分の家に妻の愛人を同居させ、しかも夫婦の破綻《はたん》を見せずに生活していたという話だった。そうした男には、妻へのコンプレックスが妻への「献身」的奉仕に変形するのだろうか。常識ではもちろん理解できないことである。理解するには別な尺度を必要としよう。

英之輔の病状は、あの家で遇った主治医の説明によると、軽くはないがそれほどの重患ではないということだった。安楽椅子に横たわった英之輔は気息奄々《きそくえんえん》たる状《さま》で、表情には色も艶もない様子で、宗子の介抱に背をまるめ、なにか苛立《いらだ》たしそうに突発的に言う以外には、声もなげなふうであった。すぐに咽喉が乾くと水を要求した。咽喉に乾きをおぼえるというのは相当な重症である。

医者の言葉と考え合わせると、英之輔は自分をいかにも重病人に見せかけるような演技をしていたようである。それは病人にたいていい共通する「甘え」の心理からだ。病気は重く見えるほど他人の同情をひく。山根は宗子も幸子も留守のときの英之輔が、見ちがえるように元気だったのを思い出すのである。

英之輔は妻の行為を許容していた。それが妻に代わって介抱する嫁への甘えに傾いた。山根が一度だけ見た二人が相より添う親密な雰囲気は、英之輔が嫁に求めた情緒の代償行為ではなかったろうか。幸子にすれば、その舅への協力は憐愍《あわれみ》以外の何ものでもなかったろう。彼女には「財産」への執着があったから。

ところが、宗子には思わぬつまずきが起こった。つまずいた石は建設会社の技師森田三郎だった。幸子が彼を愛しはじめたのである。これが宗子の計算違いとなった。また、宗子自身の中にも計算の狂いが生じた。宗子も森田三郎に執着をもったからである。《宗子さんが森田に執拗に関係の継続を迫るので》という森田白供の記事がそれを見せている。

山根は日本橋のデパート前での森田の顔や姿を浮かべてみた。三十前という年齢。濃い眉、大きな鼻、四角な顎、張った頬の骨、その芒《すすき》のようにきれ長な眼は眦《まなじり》が吊り上がっていた。身長一八〇センチ、体重七〇キロはありそうないかつい体格は柔道や剣道をやりそうであった。これまで深良家のサロンで見かけた上品で柔弱なインテリ風の青年たちとはまるでタイプが違っていた。森田三郎の身体には精力が溢れ、その内面には情熱がたぎっているように思われた。あの凶行を演ずるような魅力ある情熱が――。

宗子が自分の習慣や規律を破って森田三郎を追い求めていたのはおそらく事実であろう。しかも森田と幸子の間の愛情をどうすることもできなかった。山根は、あのときの三人の姿を見て、宗子が義理の母として幸子と森田の間柄（許婚者の交際）を監視していると思っていたが、そうではなかった。宗子は、森田と幸子の間に割りこんでどこまでも森田にまつわっていたのだ。森田を真ん中にはさんで車に乗るとき、山根のほうをふりむいて（今日は幸子のお供でまいりましたのよ）と、わざわざ断わるように言ったのは、その関係を他人にさとられまいための弁舌であったのか。

幸子が森田を愛していたと思われるのは、あのときに眼のふちを赧《あか》めていたことでもわかる。サロンで青年たちを興ありげに冷ややかに見ていた幸子にはじめて起こった熱い感情が、あの場で羞恥《しゅうち》を見せた。――それとも、その赤面は姑との醜い関係の羞《はじ》らいであったろうか。

山根は宗子の葬式には行かなかった。悔み状といっしょに借りた本は郵送した。英之輔の顔を見るのが辛かったのである。

それから一年ほど経って、山根は南麻布の高台を歩く機会があった。深良家の瀟洒《しょうしゃ》な家は依然として典雅にそびえていた。彼は足早にその前を通りすぎるつもりだったが、ふと、あの意匠過多の鉄門に眼を遣《や》ると、標札の名が違っていた。見ず知らずの他人の姓になっていた。

「深良さんのお宅は、お気の毒なことがあってからご主人があの家を売られました。今は鎌倉のほうに移ってらっしゃるそうですが」

近所の米屋の話だった。

「息子さんの未亡人だった幸子さんも、あれからすぐに実家におかえしになりましてね。それはそうでしょう、あんなふうな事件が起こっては、もう家には置いとけませんからね。……近ごろ耳にした話では、深良さんのご主人はこっちにいらっしたときとはまるで違う元気ぶりで、血色もよく、三つ四つは若返って見えたそうですよ。旅行でも、スポーツカーの運転でも何でもなさるそうですよ。考えてみると六十歳ですからね。まだ若いですよ」

たった一年の間にそんなに元気になれるものだろうかと山根は疑がった。伝わる噂というのは話が誇張されてくる。が、それにしても英之輔が健康を回復したのは事実のようだった。

ここでも英之輔の糖尿病はそれほど重くはないという主治医の話が思い出される。しかし、彼の「重病」が見せかけの演技だとしても、医者がこっそりと洩らした「栄養失調」というのをどうとったらいいか。宗子は糖尿病の古い食餌療法を夫に強いた。粗食である。信仰的なくらい粗食を強いた。そのために栄養失調になったのか。

しかし、現代医学の療法は、たとえばインシュリン注射のように有効な方法が発見されている。事実、宗子は、一週間に一度くらいしか往診にこない医者の指示で、夫にインシュリンを注射していた。それなのに、医者がふしぎがるような栄養失調とは、どういうわけだろう。

インシュリンの注射は宗子が夫に行なっていた。もし、あの注射薬がインシュリンではなく、代わりに糖尿病とは無関係な注射薬だったとしたらどうだろう。効かないけど、人体に無害な注射薬というのは、しかるべき効能書をつけられて夥《おびただ》しく市販されている。インシュリン注射は毎日やらないと効果がないのだから、医者が一週間に一度きて本もののインシュリンを注射したところで効き目はない。その一週間のうち六日間の注射が別な薬だったら、さらにそれが栄養失調を起こすような副作用をもつ注射薬だったら、英之輔の身体は医者の内緒話のようになるだろう。

それに宗子が夫に与えていた白い粉薬である。あれにしても医者の処方箋による糖尿病の薬かどうかわかったものではない。幸子が、客間から戻った宗子に（お母さま、お父さまにお薬をさし上げましたわ）と報告したのを聞いたことがあるが、それが異なった薬だとすると、幸子が姑を安心させたことになる。――なぜ宗子は英之輔の死を早めようとしたのか。

たぶん宗子は、夫の「黙認」を必要としない自由を早急に求めたのではあるまいか。「黙認」を得ていたとしても、夫が生きているかぎりはやはり限界がある。また「黙認」じたいに夫の拘束力を感じるであろう。

すると、英之輔が女中を去らせて机の抽出しからとり出した茶色の粉薬は何だったのか。あの秘匿《ひとく》めいた置き方は、宗子にも幸子にも知らせてないものだ。もし、英之輔が妻の計画を察知していたら、ひそかにその対抗策を講じるはずである。茶色の粉薬が自己の衰弱を救う強力な栄養薬か、蝮《まむし》の粉のような漢方薬だったら。では、だれがその薬を彼に渡したか。――医者だ。あの愛想のいい医者を英之輔はこっそり味方にしていたのだ、山根は思い当たった。

宗子と幸子の留守、二階の書斎で英之輔は、山根に元気に言ったものである。

（人間、粗食のほうが長生きしますよ）

——この話を、名前を伏せて山根がある人に言うと、その人は感想を洩らした。

「それは老いかかった夫と、それより少し若い妻との死闘だね。どっちが早く死ぬか。生き残ったほうが勝ちだ。自由を存分に獲得し、好き勝手なことができる。その話の場合は夫の勝利だった。もしかすると、その夫は、若い連中を家に集めさせることで、妻と嫁に罠をしかけたのかもしれないよ。刃傷沙汰《にんじょうざた》が起こるのを予期してね。なに、その前に妻を離別したらどうだろうかって？　そりゃダメだ。トラブルが起こるし、訴訟沙汰などいろいろと面倒だ。第一、財産を別れる女房に分けてやらんといかん。他人が女房を殺してくれたら一銭もやらなくて済むよ。……その亭主、これで女房との闘争にやっと勝った、いや、まったく命がけだったよ、と言って、傍にいる娘のような若い女に聞かせているかもしれないね。われ勝てり！まさに勝利者のように昂然《こうぜん》とね」

うらやましい想像だ、とその人は自分で言った。おそらく想像ではあるまい、と山根は思った。

獄衣のない女囚

1

服部和子《はっとりかずこ》は午後四時ごろに会社を出た。今日は土曜日なのでいつもより一時間半は退社が早い。

どんなに早くとも、彼女には別に喜びはなかった。逢いたい人もなければ、観に行きたいものもない。かえって時間の早いのが憂欝《ゆううつ》なくらいだった。

勤めている会社は機械商で、もう十年間タイプを叩きつづけている。年齢も三十二になっていた。今さら若い男とのつき合いも億劫《おっくう》だった。十年もいると、職場の男には魅力も何も感じなくなる。

いま住んでいるのは公営の独身アパートで、ここに入るまではあちこちのアパートを渡り歩いた。二年前にようやく入居者資格の収入に達して申し込んだのが、運よく一年前になって抽籤《ちゅうせん》に当たり、本望を達した。当座はうれしくてならず、部屋飾りや調度を買い揃えるのに生甲斐《いきがい》を感じたものだった。

和子がはじめて世田谷のそのアパートに入ったとき、ほかの部屋を見てびっくりしたものだった。台所のほかに、板の間付きではあるが、六畳の狭い居間に、よくもこれだけのものが納まると思うくらい、ぎっしり道具が詰まっている。装飾も女らしい瀟洒《しょうしゃ》な工夫が凝《こ》らされている。つき出たベランダには植木鉢がしゃれた花をのせてならんでいる。それが各部屋とも妍《けん》をきそっている感じだった。

はじめのうち服部和子は、それまでいたアパートが木造の粗末なものなのに家賃が高いため、インテリアにお金をかけることなどできず、家具もいいかげんなガラクタで間に合わせてきたから、その反動もあって、大そうその贅沢さに刺戟《しげき》された。給料も無理してそういう買物に大半を使った。ステレオ、本箱、三面鏡、冷蔵庫、洋服ダンス——新型を一つ一つ並べて飾り立てるのが愉《たの》しみだった。幸い、公営アパートは入居料が安いので、今までとの差額だけ儲けたような気持になって買いまくった。月賦《げっぷ》も苦にはならなかった。

その感激も今ではうすれている。部屋の飾りに凝ることで乾いた気持にうるおいがもてると思ったのは束の間で、馴れるに従って、ふたたび元のしらじらしい気分に戻りかけていた。以前は外から帰ってドアを開けた瞬間、その夢のような室内の景色が一ぺんに眼にとびこんできて、わが部屋の歓《よろこ》びが抑えきれなかったものだが、現在はそれが色褪《あ》せたものになりつつある。

当座しばらくは、レコードも買い蒐《あつ》めたものだった。独り居の愉しさは、素敵な音楽を聞きながらのびのびとクッションに身体を横たえ、しゃれた三面鏡、艶やかな洋服ダンス、ムードのあるカーテン、翻訳小説の詰まった本箱などを満足げに見回したものだった。この雰囲気が彼女を優雅と教養の夢の世界に閉じこめてくれたものだが、今はその光沢も失せ、石壁のようになりつつあった。

服部和子はいつもよりは早い街を歩いたが、今日はふだんの日にくらべて人出が多い。土曜日の夕はきまってこうである。映画館の前や、日劇の前にはきれいな色どりで人が列を作っていた。どの喫茶店も若いアベックで満員だった。ショッピングセンターも、デパートも、銀座のお洒落《しゃれ》な服装店も人が群がっていた。どこにも愉しさが溢れている。

服部和子は微かな反感を持って駅へ急いだ。自分には縁もゆかりもない群衆であった。賑やかな通りを歩けば歩くほど索莫《さくばく》とした気持になる。

駅も人で充満していた。土曜日だと、いつもよりはよけいに、改札口の近くで若い男女が恋人と待合わせていた。みんな眼を真剣に出口の流れに向けている。よくもまあ臆面《おくめん》もなく、あんなところにあんな顔つきをして立っていられるものだ。ホームに上ると、電車がアベックを満載しては出てゆく。どこに眼をやっても生活の疲れは見えず、週末を愉しむ顔つきばかりだった。

今日はアパートに帰るのが気が進まない。土曜日の晩だと、和子は、いつもこうだった。

だが、行くところもないので、結局、渋谷に降りて、つまらない映画を小さな劇場《こや》で眺めて時間を潰し、サービスのよくない中華料理店に入って安い焼そばを食べた。アパートに戻ったときには暗くなっていた。

アパートは駅からのバスで二十分はかかる。さらにバスの停留所から十分ほど歩かなければならないが、この辺は邸町《やしきまち》になっていて気分のいいところだ。大きな門構えの家が並び、長い塀がつづいている。気分はいいが、彼女を拒否している町なみである。

そこを切れると、四階建の建物が夜空に灯《つ》を点けていた。外見だけは堂々たるものので、どのような愉しいロマンがその建物の中にあるかと錯覚するくらいだ。

アパートは二つの建物から成っていて、左側が女子専用、右側が男子専用となっている。二つの建物の間には二メートルぐらいの間隔があり、そこは渡り廊下式のものが両方の二階に通じている。だから、その下は橋を潜るように通り抜けられる。正面は横に長い広場だった。

和子は男子アパートに眼を向けた。まだ灯の点いていない部屋が三分の一ほどある。土曜日の晩だと、そのまま朝まで暗くなっているところもあり、夜中の二時ごろに明るくなることもある。

管理人の部屋は、その男子アパートの一階の角にあった。和子は、いつもその窓を見ると罵《ののし》りたくなる。

一体、管理人は何のためにそこに住んでいるのか。家賃を集めるだけが能ではあるまい。もっとアパートの風紀を監視したらどうか、と責めたくなるのである。

男子の独身アパートは、行儀の点では全くなっていない。

和子は、このアパートに入居する前、独身者ばかりだから、その点は峻厳《しゅんげん》なものだと思い込んでいた。貰った規則書にも、外来者は午後十時以後は遠慮するように、煩《うるさ》い話し声は他人の迷惑だから慎むように、刺戟的な行動は避けるように、などと書いてある。違反者は管理人がやかましく取り締まるものだと思っていた。

ところが、男子の独身アパートは、和子の仲よくしている江藤美也子《えとうみやこ》に言わせると、まさに百鬼夜行《ひやっきやこう》だというくらいである。ウイークデーはそれほどでもないが、土曜日と日曜日の晩になると、外から来る女客が男子アパートの部屋に泊まり込むのだ。あるいは宵から来ては夜中の一時ごろに帰って行く。どうかすると、建物の前の広場では大っぴらに抱き合ったりしている。

それだけならまだこちらに直接の被害がないからいいが、困るのは、その外来の女客が女子アパートの共同トイレにくることだった。そんな場所で知らない女とばったり顔を合わせると、こちらのほうが気恥ずかしくなってくる。ところが、先方は平気の平左だった。明らかにバーのホステスとわかる髪の毛の赤い女がしゃあしゃあとして出入りするのだ。じろりと露骨な眼を向けるのはこちらではなく、相手のほうだった。いかにも奇態な女がこのアパートに住んでいるとでも言いたげな眼つきなのである。

もっと我慢がならないのは、地下室の女子用浴場をそういう種類の彼女たちが使うことであった。これも当然のような顔をして湯槽《ゆぶね》に漬《つ》かっているのだ。大てい夕方が多く、丁寧に身体を洗って、上がり場で入念な化粧をしたうえ、派手な衣裳を着て颯爽《さっそう》と独身男子アパートの方に行く。どうかすると、そういう女を男子アパートから迎えに来る人間もいる。

さすがに男は女の浴室の近くまでは寄りつけないので、地下室の浴場のすぐ横の壁の上から声をかけたりなどする。

この浴場は女子アパートの西南隅に当たっていて、浴室の天井が地面とすれすれになっていた。地面と浴室の間は半メートルばかりの間隔があり、地面側にはコンクリート壁が付いている。だから、湯槽に首まで漬かっていると、窓越しにコンクリート壁の上辺が見え、そこから広場の植込みの梢がのぞかれるのである。

下品な男は仕方のないもので、その目かくしの壁の所まで来ては浴室をのぞき込むことがある。こちらから見て、壁の上に出た海坊主のようなシルエットにぎょっとするのである。近ごろでは、それを警戒して道路側の窓は閉め切っている。ただ、籠《こも》った湯気を出すためもあり、窓の上の小さな回転窓だけはあけている。

厚顔《こうがん》な男は、その辺から声を出して、

「おい××ちゃん、あとどのくらいで出るんだい?」

と訊いている。

厚かましい点では負けないその種の女性は、

「あと五分よ。待っててね」

などと返事をしているから呆《あき》れたものだった。

これを女子専用の住人が問題にしないはずはなかった。全員で決議して、月に一回の男子側との懇談会で代表者が抗議したことがある。

「それは以後厳重に慎みます」

と、男子側の代表は頭を掻いていたが、

「どういう方法をとれば、ご希望に叶うことになるでしょうか？　たとえば、自粛してくれということをいちいち達しても、なかなか言うことを諾《き》いてくれないと思います。ここは学校の寄宿舎じゃありませんからね。管理人だってプライバシーの立場から、そう煩《うるさ》く言うわけにはいきません。何か名案があったら教えてください」

と意見を求められた。

「そうですね、今後一切、女子アパート専用の浴場は外来者に使わせないことにしたらどうでしょう」

と、こちらの代表者の一人が提案した。

「しかし、そういう規定をつくっては、あなた方が困るんじゃありませんか。たとえば、親戚の方や、親しい友だちが見えたとき、全然お風呂に入れないでは不便じゃないですかね」

と逆襲された。

全面的に外来の女客を浴室から締め出すということになると、そういうことになる。結局、この案は流れてしまった。

ところで、男子アパートの土、日曜日の夜のふしだらは目に余るものがある。そういうとき女子アパートの住人たちは、どうしても意識が一方の建物に向かいがちだった。灯が窓におそくまで点《つ》いていれば点いていたで神経にさわるし、灯が消えていればそれでまたいらいらしてくる。

「男子アパートで女性がこない部屋は、男の子でも変な気持になるんですってね」

と、江藤美也子が和子に言った。美也子は、田村町の或る官庁に勤めている三十五の女だった。自分では匿《かく》しているが、一度ぐらい同棲の経験はあるらしかった。これも自分の部屋を飾り立てている一人だった。

「ずっと前だけど、男子アパートの三階の三一二号室の入居者がノイローゼになって精神病院に入院したことがあったの。よく調べてみると、三一一号室と三一三号室に土曜日の晩になると、きまって女が泊まりに来るんですって。三一二号室のその人には誰も来る女がいないので、土曜日の晩になると、彼は両隣の気配が気になって一晩中起きていたそうよ」

「可哀想ね。管理人なんて何をしてるんでしょう？」

和子が言うと、

「管理人くらいの力じゃどうにもならないわ。いつもそう言うんだけど、管理人は、わたしは舎監《しゃかん》ではありませんからね、と答えて澄ましているわ」

「バカにしているわね」

和子も土曜日の夜の男子アパートが不潔で、ぬめぬめと粘液で塗り込められたように厭《いや》らしくてならなかった。

少し大げさな言い方をすれば、土、日曜日の晩は、男子用のアパートは人口が二倍となる。それだけ女子用のほうもトイレや風呂場の侵入者がふえるわけであった。

それだけでは済まない。女子用には各階に共同洗濯場がある。ここには洗濯機が置かれてあるが、土、日曜になると、得体の知れない外部の女が洗濯機を占領するのだ。それも男ものの下着を平気な顔で洗っている。殊《こと》にそれが日曜日の午前中に多い。前夜泊まった女が愛人のものを抱えて洗濯に来るのである。そのため女子用の入居者は自分たちの洗濯が思うようにできない。

厚かましいのもここまで来ると、こっちのほうがかえっておじけづく。済みませんという断わりが一つあるではなく、まるで同棲者のようにしゃあしゃあとしてやっているのだった。

女子アパートのほうはさすがにそんなことはない。外から男客が夜訪ねて来ることもめったになかった。一つは隣近所が煩いからである。ここでは夜の男の訪問者が、一時間のうちに全館に知れ渡りかねない。

服部和子の部屋は三階の三〇五号室だった。三〇六号室に江藤美也子がいる。

この女子用の住人は平均年齢が三十二歳であった。だから、ＢＧでも十年以上の人が圧倒的だった。そのほか、テレビの俳優、病院勤めの女医、看護婦、映画のスクリプター、スタイル画家、音楽家、婦人ジャーナリストなど職業も多彩を極めている。

なかには三一〇号室の栗宮多加子《くりみやたかこ》のように、かつては外交官の夫人だった老婦人もいる。栗宮は明治の財閥の流れで、今でもそのほうからの仕送りがあり、それほど豊かではないが、まずのんびりと暮らしている。

女子用の住人は全館で四十五人になるが、ふだんはあまり交際をしないのが特徴である。しかし、何となく往き来をするグループは三つぐらいに分かれていた。それは趣味の点や教養の点で区別された。でなかったら、庶民的な感覚でつき合っている一群が別になっていた。要するに、少しお高く止まっているグループと、ざっくばらんな下町風のつき合いとに大別される。

しかし、これは大ざっぱな分け方で、その中にも気の合った者がそれぞれ二、三人ずつに細分化されていた。たとえば、江藤美也子を中心に二、三階の五、六人が仲よくしていたし、そのグループは、和子のほか、スタイル画家の山崎美子《やまざきよしこ》、映画スクリプターの南恭子《みなみきようこ》、それに家庭裁判所に勤めている村上照子《むらかみてるこ》などがいた。いずれも三十一から五ぐらいまでの間だった。これはちょっとした知能派のグループと呼んでいいかもしれない。

ただ、六十二歳の栗宮多加子は、年齢の点もあって別格であった。彼女は勤めをもっている住人たちが出払うと、昼間は一人で部屋に閉じ籠っている。みんなが戻ってくると、長い退屈さから解放されたように各部屋を訪問するのだった。

栗宮多加子の話は大体決まっている。死んだ夫と一緒に世界中の任地を歩き回ったのが、まず自慢話の一つだった。夫はポルトガル公使が最終の任地で、それまでアメリカ、カナダ、イギリス、フランス、ベルギー、スウェーデン、イタリヤといったふうに、ほとんど世界中に足跡を印していた。

そんな観光旅行的な話題のほかには、自分の生まれた財閥の縁戚関係があった。彼女の話の中に出る人物の名前は、ほとんどが大正や昭和の初めに活躍した官僚や財界人であった。しかし、現在は大ていニ代目や三代目になっていて、彼女とは縁が遠くなったり断絶しているらしい。

つまり、彼女は孤独になっていた。

彼女の言葉つきはまことに優雅で、今ではほとんど山の手の婦人でも照れ臭がって使わなくなった「あそばせ言葉」が自然なままに出るのだった。彼女の色白な下脹《しもぶく》れの顔は、たとえ皮膚がたるみ、深い皺が刻み込まれていたとしても、往年の上品な美しさを想像させるに十分だった。

ほかの女性では、自分の職場のことはあまり言わないタイプと、進んで自分の職場を自慢するタイプとがあった。たとえば、家庭裁判所に出ている村上照子は、役所の仕事の機密や、個人のプライバシーを守るかのように絶対に沈黙していたし、映画スクリプターの南恭子は、さも映画スターや、一流監督がみんな自分の親友であるかのように得々《とくとく》として話すのだった。スタイル画家の山崎美子は、新しいデザインを自分のスケッチブックに達者な線と色とで毎日創り出しながら、遊びにくる人間に必ず意見を求めた。が、もし、客がそれに乗ってうかつに感想など言おうものなら、彼女はたちまち軽蔑の色を見せて鼻の先で嗤《わら》う。要するに、彼女が相手の意見を聴くというのは付け足しで、自分の才能を見せびらかしたいためであった。

こういう住人たちの癖を心得て、それなりの心構えでつき合っていれば、或る意味では結構愉しい生活でもあった。気が進まなければ、ドアを閉じて独りで居てもいいし、誘われれば、夜中の二時までも三時までもほかの部屋でおしゃべりをしてもいいし、二、三人の回り番でご馳走を作ってパーティを持つのもよかった。

だが、このグループの誰にも男性はいないようだった。たとえば、映画スクリプターの南恭子にしても色恋沙汰の多い撮影所が職場だが、彼女だけはその仕事のように他人の言葉や動作を記録するだけで、彼女自身は誰からも誘いがかかっていないようであった。

誰が言い出したのかわからないが、彼女たちは三〇三号室とか三〇六号室とか呼ばないで、

「三〇三号室の独房」

「三〇六号室の独房」

などと戯《たわむ》れに呼び、索莫《さくばく》たる生活の自分たちを女囚にたとえていた。

2

互いにその部屋を独房と見なし、女囚となぞらえるのは、生活そのものの索莫さ

からも来ているが、大方は人生の希望のなさからである。

このアパートの女たちは、ほとんど三十を過ぎていた。四十歳の女も含まれているし、栗宮多加子のように六十二歳の女もいる。それぞれに過去があり、しかも、自分の力で生活してゆく者ばかりだった。

彼女たちは結婚に望みを絶っている。あるいは怖れていると言ってもいい。そういう過去の被害を大なり小なり受けていた。その職業も固定したものから脱け出られなかった。

その自分の穴の中のような世界に閉鎖され、希望の見込みもないとなると、これは彼女たち自身が女囚と同じだと言ってもよかった。女囚刑務所では、刑期が終わるまで一つの作業を毎日繰返し行なっている。命じられた作業をつづけることで彼女たちは生きているのだ。このアパートの住人たちがそれと似ていた。自分の一生をささげる職業ではない。かつてはそうだったかもしれないが、現在では情熱を失い、生存のために惰性でつづけている。――女囚と同じように自主性のない気乗りのしない作業だった。

女囚にはそれでも刑期がある。刑期が済むと社会に解放される。しかし、ここは刑期が無かった。強いて言えば、それは停年を迎えるか、現在の勤先が潰れるかするときである。

　誰もが味気ない毎日を送っていた。部屋の中にどのように最新式の調度を持ち込もうと、家具やカーテンなどの色彩を工夫して雰囲気《ムード》を作ろうとも、心をいつまでも慰めはしなかった。彼女たちの間に冗談めいた養老院の話が出るのは、前途への切実感からである。

　彼女たちのなかには恋人のある者が全く無いではなかったが、極めて少なかった。その恋愛に昔のような夢は無かった。たいていの女が妻子のある男性と交渉を持っていた。女たちは苦しみながら、それにわずかな生甲斐を託していたが、彼女たちの生活の安定にはならなかった。どうかすると、女のほうが恋人に金を差し出し、自分は時代遅れの、洗いざらしの洋服で我慢した。

　だから、そういう女性は一目見てすぐにわかった。吝嗇《けち》で、忍耐強いのである。流行には目もくれなかった。女ひとりでは相当な収入があっても、しじゅう月賦に追われ、食べるものも貧しかった。同じような収入と生活条件のもとで銀行預金をふやしている女性とは、はっきり区別がつくのである。

　しかし、誰からも相手にされない女たちは、自分自身の生活に享楽を持とうとした。自然とそういう連中はグループとして集まった。酒の好きな者は、一部屋ずつを持ち回りで会場にし、ささやかなパーティを開いた。酒の飲めない者は料理の会を持った。だが、そういうことも慣例となれば興味がうすれてくる。

もっとも、特に仲のいい友だちを作る者が無いではなかった。それはたいてい二人だけに限られた。彼女たちはことのほか親密であった。が、そのことはあまり大っぴらには行なわれなかった。たちまち隣近所から妙な眼つきで見られるからである。――要するに、このアパートでは死んだような生活を送るのが一ばん無事だということになる。互いが監視し合っているからだ。

天気のいい日曜日の女子アパートは、窓辺にさまざまな洗濯物が干される。貧弱な下着などを干す者は気おくれがした。新しい型の下着や、シーツや、蒲団が自慢気に干されるからである。

また、彼女たちは、何号の部屋の人が夜何時ごろに帰ったかを正確に知っている。不便なことに、階段も廊下も絶対に音を消すことのできないコンクリートや漆喰《しっくい》でできていた。

「何号室の人は、今朝三時ごろに帰ったわ」

「何号室の人は、十二時過ぎて男に送られて来たわ」

すべてはハイヒールや中ヒールの靴音が教えていた。男の靴音は、歩き方でわかる。

　さて、相も変わらず居住者以外の女性が侵入してきた。土曜、日曜は男子専用アパートの人口が二倍になるので、その溢れたぶんだけは女子専用が何らかのかたちで被害を受けなければならなかった。洗濯室の前で男物の下着が洗われているのを見るのも嫌だったが、最も不愉快なのは、やはり浴場に彼女たちが平気な顔で侵入してくることだった。

　まさか、面詰《めんきつ》して追い出すわけにもいかない。これは、睨《にら》みつけているのがせいぜいだったが、依然としてあまり効き目がなかった。

　女子専用アパートの住人たちは、そうした外部の女が男子アパートに用事で来ている人か、この女子専用の居住者を訪ねてくる客であるか区別がついた。というのは、男子部を訪ねてくる女性の顔ぶれがほとんど決まっているからである。もっとも、それは長い期間というわけではなく、その間に徐々に新顔の交替があったり、断続があったりするが、二度以上の顔になると、誰もが見憶えてしまう。そのような神経は女子アパートの居住者は鋭敏であった。

　この女子アパートの訪問客は、たいてい国元から出て来た母親だとか姉妹など肉親か、または別なアパートに住んでいる友だちとかが多かった。そういう女性は、他人の彼女らが見てもあまり腹が立たないのである。

服部和子は四月十日の火曜日の晩十時半ごろにアパートに帰った。退社時間際に仕事が急に出て残業になったからである。共同風呂は土、日、火、木と沸かされ、午後四時から十時までの間となっているが、十一時までは入れることになっている。その代わりしまい湯だから濁《にご》っている。

それでも、土、日の晩の得体の知れない女性と混浴するよりも、ずっと気持がよかった。彼女は大急ぎで部屋で洋服を着替え、洗面道具を持って地下室に下りた。折れ曲がった階段のちょうど中間の天井にうす暗い灯が点いている。ここでは、よく知らない男がぼんやりと立っていて騒ぎを起こすことがある。

アパートの各階の廊下というものは、全く往来と同じだった。車が走ってこないだけである。外から誰でも常時に入れた。入口は一晩中、扉があいていたし、廊下は開放的だった。各部屋のドアを厳重に閉めるほかはなかった。

困ったことに、こういう建物のしくみなのでベランダの洗濯物がよく盗まれる。それは、明らかに男の仕業としか思えないような物に限られた。各部屋のベランダは廊下の明りとりの窓からかなり遠いが、それでも何とかして目的物を盗もうという奴は曲芸のように危ない足場を伝わって行く。足跡を見ると、ぞっとするような高い所で命がけの行動をしているのだった。一歩間違えると墜落《ついらく》して命を失いかねないし、助かっても手足を折ることは請合《うけあ》いだった。それでもその種の盗難は後を断たないから、男の執念である。

浴場に降りて行くのに、九時や十時ごろだと人が多いが、十一時近くになるとぱったりと人の動きが少なくなる。

和子は足早に階段を降りた。すると、地下室に降りきった片側にボイラー室の壁があるが、その辺がちょっとうす暗くなっている。そこを通り過ぎると真正面が浴場になっているので、うす暗い場所は約五メートルぐらいの長さだった。

和子はそこに差しかかったとき、向こうから赤いターバンを巻いた女が顔を俯向《うつむ》けるようにして歩いてくるのに出遇《であ》った。和子はその人を見て、男子専用のアパートを訪問する女客が今晩も来ているなと思った。女は赤の大きな横縞のうすいセーターにグリーンのスカートという派手な服装であった。腕には洗面器をかかえている。洗面用具の上にはタオルが掛けてあった。

彼女は和子と出会って顔を伏せて通り過ぎた。やはり外部から来てアパートの風呂に入ったという後ろめたさがあるのかもしれない。これは珍しく純情なほうだ。

初めての女《ひと》であろう。

風呂の経費は部屋代の他に徴収されている。そのほか各階のゴミの処理費や廊下、トイレ、洗濯場の清掃は毎日雑役夫が入って任してあるが、その費用も風呂代と一緒に月三千円を徴収されている。それで外部の人はタダで風呂に入れるというわけだ。

和子は、さっき出遇った得体の知れない女に少々厭《いや》な気持にさせられた。せっかく今晩は外部の女が入らない清潔な湯を楽しみにして来たのだ。土、日曜日の晩の、あの厭らしさが、火曜日の今夜だけはないものと信じていたのである。すれ違った顔はよく見えなかったが、また新しい侵入者がふえたと思い、早速にも明日あたり隣の江藤美也子に吹聴《ふいちょう》するつもりでいた。

彼女は浴室のドアをあけた。とっつきが脱衣場になっていて、壁に沿って着物入れが造られてある。和子が入ったとき、その一つにグリーンのスーツらしい服がたたんで入れられていた。スカートは細かいプリーツ・スカートである。

足下の土間には黒い中ヒールでベージュのリボンの付いた靴が一足脱がれている。和子はそれだけ見ても、ははあ、二階の二〇九号室の村瀬妙子《むらせたえこ》のところに来ている女客だな、と思った。それはスーツと靴の特徴ですぐにわかった。

村瀬妙子は、十年前に夫と死別した未亡人だった。彼女は或る高名な洋裁学校の教師をしているが、相当な収入を得ているらしい。色は黒いが、整った顔立ちをしていた。彫りも深い。しかし、それは彼女が痩せているからで、ぎすぎすした感じは拭《ぬぐ》えなかった。

彼女は今の校長の最初の卒業生というのが自慢で、自分では、独立した学園が持てるのに、校長に引き留められて母校に残っているのだと言っていた。もっとも、彼女がその母校に戻ったのは卒業後十五年たってからである。

この女性と、六十二歳の外交官未亡人栗宮多加子とは、教養自慢の点では全く双璧であった。栗宮多加子がパリ、ロンドン、ウイーンなどの思い出を語り、知名人士との交遊を自慢そうに話すのに対して、村瀬妙子は学校に来ている生徒の父兄で知名士との交際を自慢するのだった。いうなれば、栗宮多加子のほうは古色蒼然《こしょくそうぜん》とした過去の豪華さであり、村瀬妙子は現時点の華やかな交際ということができる。

むろん、村瀬妙子には居住人の反感が強くないこともない。鼻持ちならない、というのが陰の批評であった。それに較べると、栗宮多加子の話は戦前のよき日本の回想ということになる。しかし、実家筋から仕送りを受けてここに居る仕合わせな老人は、いわば養老院の代わりとして送り込まれているわけで、それだけに彼女の受ける反撥《はんぱつ》は少ない。

さて、そのグリーンのスーツを見ながら、和子は着ているものを脱いだ。なるべく離れたところの棚に入れ、浴室のガラス戸をあけた。うすい湯気が立っているだけで、がらんとしている。浴室の広さは六坪ぐらいだった。浴槽は窓際に三坪ぐらいの広さで、タイル張りでやや横長にできている。

和子は、おやと思った。一人、服をぬいでいるのだから、誰かが入っていなければならない。が、その姿は湯槽にも見えず、洗い場の鏡の前にもうずくまっていなかった。

湯槽の上の窓の上部には細い回転窓が小さくあいている。

十一時五分前ぐらいだった。大体、十一時半には管理人が来て、浴室のドアを閉めて鍵をかけ、湯はその翌日に落とされて掃除をされることになっている。

さっき見知らぬ女とすれ違ったので、和子がここに着くまでは二人の浴客がここに居たことになる。一人は、現に脱衣函にグリーンの特徴のあるスーツを置いている村瀬妙子の客である。

この人は、実のところ和子もよく顔を見たことがない。やはり村瀬妙子に似て痩せぎすの肉のない身体で、いつも二階の二〇九号室のほうに顔をうつむけるようにして入ってゆく。訪問の時刻も遅い。十時前に来たことがないということだ。村瀬妙子の部屋は、二階の洗濯場の隣にあり、この客の後ろ姿を二階の廊下で見受けたことは二、三度ある。その人は遠慮深い女性らしい。こうして浴室にそのスーツを見るのも、和子にはこれが最初だった。

そんな遠慮深い人だから、もしかすると、その辺の隅に隠れるようにして身体を洗っているのではないかと思ったが、いくらうす暗い光線でも狭い浴室だから、人間一人居るか居ないかぐらいはすぐにわかる。

和子は、奇妙なことだと思った。大そう失礼な想像だが、この浴室の隣にはトイレが付いている。そういう場所に入っているのかもしれないと思った。あとから人が来たのでちょっと出にくくなったのではなかろうか。内気な人にはありがちなことだ。それなら気の毒なので、早々に引き揚げるつもりで和子は湯槽に漬かった。

少しぬるくなっているが、首筋まで漬かっているとやはり気分がいい。そこにドアのあく音がして誰かが脱衣場に入ってきた。

しばらくすると、仕切りのガラス戸があいて、

「今晩は」

という渋い声がした。

振り向くと、それが栗宮多加子だった。六十二歳というが、脂肪の乗った豊かな身体つきだった。その胴体だけを見ていると、とてもそんな年齢とは思えない。色が白いので見事だった。やはり上流の出身だというだけのことはある。

「今晩は」

和子も湯に漬かったまま挨拶を返した。

多加子はつつましげに湯槽の中に入ってきた。

「服部さん、今夜は遅うございますね？」

多加子のほうから言った。

「ええ、急に仕事が帰り際に出されたので残されました」

和子は年長者に答えた。

「おや、まあ、そうですか。それはご苦労さまですね」

「栗宮さんはまたひどく遅いお風呂じゃございません？」

和子が訊くと、

「ええ、ええ。今日はね、あなた、昼間、日本橋の三越まで買物に行ったんでございますよ。そしたら、あすこの売場の主任がみんなわたくしの顔を知っておりますので、わたくしの横に飛んで来ていろいろ話しかけるのでございます。そこに、高倉さま、ほら、前の子爵《ししゃく》ですよ。その方の奥さまがお通りになって、まあ、栗宮さん、お久しぶりですこと、などと言って寄ってこられたので、それからお誘いを受けて目黒の雅叙園《がじょえん》に参ったのでございます」

栗宮多加子の上流の話がまたはじまったと思い、和子はうんざりしたが、

「あら、そうですか。それでこんなに遅くおなりになったんですのね」

と相槌《あいづち》を打った。

「ええ、昔話がはずみましてね」

と、風呂の中の長談義がはじまりそうになった。

「もう、それは、あなた、蜒々《えんえん》と止めどもなくおしゃべりをいたしました。高倉さまの奥さまも昔ほどにはお幸せではなく、いろいろとご不平があるようでございました。あの方は若いときはそれはそれはきれいなお方で、華族会館で夜会があったときなど、殿方の眼を一斉《いっせい》に奪ったものでございます。その方が、あなた、老齢《とし》とはいえ、その後のご苦労のためか、すっかりお窶《やつ》れになって、もう、お顔を見るのもわたくしは気の毒なくらいでございました……」

「ああ、そうですか」

興味のないことなので、和子はそろそろ上がるつもりで身体の位置を動かした。

それにしても、こういう女性が入って来ては二階の二〇九号室の客もいよいよ手洗いから出るに出られなくなるだろう。もしかすると、湯槽には戻らないで、そのまま脱衣場で着物を着て帰るのかもしれない。

その途端、和子の足の裏は何かぐにゃりとしたものを踏んだ。まるっこい、弾《はず》みのあるものだった。

和子は初め、それがゴム毬《まり》かスポンジのようなものではないかと思った。しかし、このアパートにはむろん幼児は居ない。それに、足で踏んづけたものは、いやにぐにゃりとした感じである。

「高倉さまのお一人息子は戦争《いくさ》に出られて、あなた、二十三歳の若さで中尉として戦死あそばされました。それですから、よけいに奥さまも気落ちがなすって……」

突如、和子は、わあっ、と悲鳴をあげた。足の裏が踏んだゴム毬は、実は人間の手首であり、その先が胴体につづいていることを一方の足が知ったのだった。

3

一時間後の独身女子アパートは、火事場のような騒ぎとなった。夜の十二時近いというのに、二階も三階も四階も、ほとんどの部屋のドアが開け放たれ、女性たちが廊下に出てうろうろしていた。三、四人ずつかたまってはひそひそと話を交し、ひとりでじっと内に閉じこもっている者はなかった。日ごろの彼女らの孤独癖がどのように当てにならないかを見せつけられたようなもので、少しでも人としゃべっていなければ気が落着かないようだった。誰の顔にも、誇張された恐怖の表情がつくられていた。

それで、隣のアパートから独身男たちが野次馬として押しかけてきても、誰も文句を言うものはなかった。むしろ、隣人の男手が来てくれたことで気強くなっていた。変事の際は、やはり「男だ」と言いたげに彼らを廊下に迎え入れていた。日ごろ、男たちの闖入《ちんにゅう》を潔癖に非難する目つきが消えて、微笑みがやさしく出ていた。

「その死体は、このアパートの女《ひと》ですか？」

と男たちは隣人の女性に必ず訊いた。

「いいえ、そうじゃありませんわ。外のひとですわ」

と、三十女たちは少女のように顔をしかめて答えた。どの男たちも、最初に出す質問は似たりよったりだったから、その代表的な問答をあげてみるとする。

「外の女？　へえ、それじゃ、男子アパートの訪問者かな」

「いいえ、違います。そういうひとじゃないんです」

「そいじゃ、そっちのほうのお客さんですか？」

「あんまり大きな声で言いたくないんですが、二階の二〇九号室によく見えてた方ですわ」

「二〇九号室には、だれがいるんですか？」

「村瀬さんといって洋裁学校の先生をしてらっしゃるそうです」

「殺されたひとは、いくつぐらい？」

「さあ、二十七、八くらいじゃないかしら？」

「美人ですか？」

「きれいですよ」

「へえ、いま、地下室で検視をやってるんでしょう？　裸のままだから警察医も着物を脱がす手間は要らないや。一目見たいな」

「地下室の階段のところで追い返されますよ」

「風呂の湯の下に沈んでいたというじゃありませんか？　死んでから間もないわけですね？」

「その前に、わたしたちがそのお湯に入っているのですから気味が悪いわ。ぞっとするわ」

「その死体を踏んづけたひとがあるそうじゃないですか？」

「三〇五号室の服部和子さんです。どんなにびっくりなすったかわかりませんわ。一緒に入っていた三一〇号室の栗宮さんは、それを知って卒倒なさったそうです」

「じゃ、そのひとも裸のままひっくり返ったわけだな。まだ、若いひとですか？」

「六十くらいになられます」

「やれやれ。で、服部さんはいま警察にいろいろと訊かれているわけですね？」

「そうだと思います」

「その、殺されたひとは実は心臓麻痺でも起こしたんじゃないですか？　入浴中にはよくあることですよ」

「いいえ、頸《くび》のまわりにタオルで絞められたあとがあるそうです。……ああ、怕《こわ》いわ。そんなこと、もうお訊きにならないで」

「警察では、犯人の見込みが立っているんですか？」

「さあ、よく知りませんけど」

「女湯の殺人とは珍しいな。すると、この女子アパートに殺人犯人がいるわけかな」

「おお、怕い。いやなことを言わないで……」

「あなたの前だけど、大体、この女子専用の建物の中には、一癖も二癖もあるひとばかりのようですよ。ほら、外国のスリラー映画によく出てくるでしょう。表情が無くて、眼がじっと据わっていて、乾いた声を出す……」

「変なことを言わないで。そりゃ、どうせここにはオールドミスばかりよ」

「おっと、ウイドーの方もおられますよ」

「どっちでもいいわ。どうせ人生に希望のない年配者ばかりだわ。でも、だからといって、人殺しをするような女《ひと》がいるとは思われませんわ」

「で、肝心の村瀬さんは、自分のお客さんを一人で風呂にやったんですか？」

「村瀬さんは、そのとき留守だったそうです。さっき何も知らないで帰って来てびっくりしてました。警察の方が階下《した》で事情を聴いていますわ」

「そいつは怪しい。こっそり誰も居ない風呂場に忍び込んで友だちを殺し、またこっそりと外に出て何喰わぬ顔をして帰って来たのかもしれませんな。推理小説などによくある手ですよ」

「何だか知りませんけど、ご本人はよそで人と会っていたそうです」

「殺された女《ひと》は村瀬さんの何に当たるのですか？」

「洋裁学校の後輩だと言ってらっしゃいましたわ」

「さっき美人だと言ったが、あなた方はその女《ひと》と話したことがありますか？」

「いいえ、話をするどころか、ろくに顔も見ていません」

「おやおや、そいじゃ、美人かどうかわからないわけですね」

「男の方があんまり期待を持たれるから、そう言ってみただけですわ。その女《ひと》は、いつも夜遅く二〇九号室に訪ねてくるんです。それもいつもわたしどもには遠慮した様子でしたから、はっきりはわかりませんわ。痩せていたけど、きれいな女《ひと》のようでしたわ」

「では、いつも泊まって行くんですか？」

「夜が遅いから、そうでしょうね。いちいち気をつけたことはありませんけれど」

「へえ、ちょっと変だな」

「何がですか？」

「そりゃ同性愛というやつじゃないですか？」

「まあ、いやだわ。男の方って、どうしてそんなに下品なほうに気を回すんでしょう」

男の質問に答えた女は、しかし、傍にいる他の女と意味ありげに顔を見合わせて唇にうすい笑いを泛《うか》べるのだった。

地下室の浴場では臨時に大きな電灯を点けて、上がり場で犠牲者の検視を済ませた。

「死因は絞殺です。頸に付着していた糸くずからみて、犯人はうしろからタオルで頸を絞めた上、そのまま湯の中に顔を押しこんだと思えます。被害者がかなり湯を飲んでいるのはそのためです。タオルは被害者が使っていたものと思われますが、あるいは犯人が自分のタオルを使い、被害者のタオルも一緒に持ち去ったのかもしれません」

警察医は所見を述べた。

「死後経過は、約二時間です。つまり、発見者の服部和子さんが風呂場に入ってくる直前に兇行《きょうこう》が行なわれたと思われます」

警視庁から来た捜査の責任者は室井《むろい》警部補といった。眼鏡が小さいくらい顔が肥《ふと》っている。警部補は浴室の窓を見た。うしろ頸が二重にくくれている。窓は内側からしっかりと差込錠が掛かっていた。その上の回転窓は湯気を出すため開かれているが、むろん、人間ひとり入る隙《すき》はなかった。

「この窓は、いつもこうして、錠が掛かっているんですね？」

室井警部補は、横に立っておどおどしている管理人に訊いた。

「へえ、さようです。……よく悪戯《いたずら》に外から人がのぞくので、こうして密閉しています」

「外からのぞくのは近所の男たちですか？」

警部補は、近所という言葉に、暗に隣の男子独身アパートを匂わせた。

「まあ、そういった人たちです」

「どこにも物好きが居るとみえるな。なるほど、この窓すれすれが地上になっているから、めかくし壁から首を出してのぞけば、のぞかれないこともないわけだな」

「それが問題になって、もうずっとこういう状態にしています」

「ふむ。ところで、発見者の服部さんが入浴にくる前、誰が入っていたかわかりませんか？」

「わたしは湯が沸けば、それで用が済むわけなので、自分の部屋に帰っています。銭湯と違って女湯をじろじろ見ているわけにはいきませんから。ここは栓を捻《ひね》りさえすれば、湯と水が出て勝手に調節することになっています」

「いま服部さんに聞くと、服部さんがここに入ったときには誰も居なくて、被害者の洋服が脱いだまま脱衣場にあったそうです。それが十一時ちょっと前だということだが、そういう時刻には入浴者が跡切《とぎ》れることがあるんですね？」

「はあ、それはございます」

「つかぬことを訊くが、この風呂にはこのアパートの人でない者が入ってくるそうですが、そうですか？」

「そういうことは確かにございます。それは男子アパートに訪ねてくる女性の方が多く、たびたび女子部で問題になりますが、強制的に防止する方法がないので、そのままになっています」

「よろしい。またあとで訊きます」

室井警部補はよちよちした足どりで男子アパート一階の管理人事務室に入った。ここは狭いが、入居者に関する事務一切を執《と》っている。机と椅子があり、帳簿がならんでいるが、そこの椅子に服部和子と村瀬妙子とがさっきから坐っていた。警部補の眼から見て、服部和子は蒼ざめた顔はしているが落着いていた。村瀬妙子のほうはあまりのことに動転したように赧《あか》い顔になっていた。昂奮して出た汗で白粉《おしろい》が流れ、粗い皮膚が小皺と一緒にむき出ていた。

「服部さん」

と、警部補は管理人の坐る椅子に窮屈そうに腰を下ろした。

「あなたが浴室に降りて行くとき、一人の女性に出遇ったというのはたしかですね？」

「はい。さっき申し上げたようにあまり暗いので顔はよく見えませんでしたが、たしかにボイラー室の横で出遇いました」

　服部和子は答えた。

「もう一度、その女《ひと》の特徴を言ってください」

　警部補は小さな眼鏡を指でずり上げた。

「背はあまり高くはありません。そうですね、一メートル五十五センチぐらいでしょうか。服装は、赤いターバンを巻いて、赤の大きな横縞のうすいセーターにグリーンのスカートでした。顔は暗かった上に俯向《うつむ》いていたからはっきりと見えませんせん」

「なるほど。その服装で、このアパートの住人だということはわかりませんか？」

「今まで見たこともない服装でしたわ。だから、浴室を利用する外部の女のひとがまたふえたと思いました」

「それは、つまり、隣の男子アパートを訪問する女という意味ですね？」

「はい」

服部和子はうなずいた。

「地下室を上ると一階の地上になるわけだが、そこからすぐに庭伝いに隣の男子アパートに行けますね？」

「はい、外の女の方は、風呂を済ませるとそうして男子部のほうにいらっしゃるようです」

「男子アパートにも行けるが、また両方兼用の玄関から外の往来にも出られるわけですね？」

「はい、それは出られます」

「よろしい。ところで、さっき刑事たちに、そういう服装の女性を前に見たことがないかと、この女子アパートの各部屋を聞きに回らせましたが、あなたと同じように知らないということでした。しかし、その服装を見るのが初めてだからといって、その人が知らない人だとは言いきれないでしょう。現にあなたは、その女の顔をよく見ていないのですからな」

「はい」

「あなたが死体を踏んづけたのは、犠牲者が死を迎えてすぐだったわけです、だから、今のところ、ボイラー室の前であなたとすれ違った女性を一ばん捜し求めているのです。またあとで何か思い出したら報《し》らせてください。どうぞお部屋に帰って構いませんよ」

「はい、ありがとうございます」

服部和子は肥った警部補の前に頭を下げて、椅子から静かに起《た》ち上がった。

警部補は、和子が出て行くと、横の赤塚刑事と視線を交した。赤塚は、額の広い、眉のうすい、顴骨《かんこつ》の高い顔で、新聞記者たちからは「七兵衛、七兵衛」と言われている。それが彼の名前だからだが、彼の韋駄天《いだてん》のような捜査の歩き方が、まるで「大菩薩峠」に出てくる足の速い盗賊を連想させるからでもあった。もう、すでに四十近い男だ。

警部補は肥った首を村瀬妙子のほうに向けた。

「やあ、お待たせしました」

と言ったのは、事情聴取があと回しになったことである。もっとも、これが初めてではなく、彼女の口から二度目の答えを引き出そうというのだった。

「村瀬さん、先ほど伺いましたが、こちらもばたばたしてろくにお話もゆっくり聴けない有様でした。面倒でももう一度伺いますから、気を悪くしないで答えてください」

「はい」

村瀬妙子は雀斑《そばかす》の浮いた顔をあげたが、まだ昂奮が冷めやらずにいる。

「あなたは風呂場で死んでいた女性を見てくれましたね？」

警部補はものを言うたびに息遣いが荒かった。自分では気がつかないが、きっと肥《こ》えているせいで心臓肥大症になっているのかもしれない。

「はい。気持が悪いのでゆっくりは見ませんでしたが」

「しかし、それでも、その女《ひと》があなたのところにくる女性だということはわかりましたね？」

「はい、山本菊枝《やまもときくえ》さんです」

「そうでしたね。山本菊枝さん。しかし、住所は正確にはわからない、そういうことでしたね」

「その通りです」

「しかし、噂では、あなたの勤めていらっしゃる洋裁学校の後輩だということですが」

「それは、わたくしがアパートの人に口実で言っているだけです。洋裁学校には関係のない人です」

「それはどういうわけですか？」

「アパートの人は口がうるさいからですよ」

「と、いうと？」

「山本さんがたびたびわたくしの部屋に泊まりにくるので、妙な噂が立っているんです」

村瀬妙子はこのときだけ眼を伏せて言った。

「妙な噂というと……」

警部補は太い頸に唾をごくりとのんで、

「同性愛……といったことですか？」

と訊いた。

「まあ、いやだわ」

村瀬妙子は顔をしかめて、

「そんな、いやらしい言葉は使わないでください」

と、警部補のデリカシイの無さを咎《とが》めるような眼つきをした。

「いやいや、まあ、そういった噂でしょうな？」

警部補はたじろいで訊き直した。

「他人《ひと》は何とでも言いますわ。殊《こと》に女の口はうるさいですから、つい、こちらも気をつかわねばなりません」

「気をおつかいになるのは結構ですが、その山本菊枝さんというひとの素性や住所をわたしのほうにまで匿《かく》されるのは困りものですね。なにしろ、被害者ですからな。われわれは被害者の身元がわからないと、適正な捜査ができないわけです」

「山本さんとは、今から三カ月前に新宿駅前で知り合ったのです。住所は、なんでも渋谷のほうに居るということでしたわ。でも、行ったことがありません」

「あなたのほうから連絡はしないのですか？」

「別に……。向こうから連絡してきますから」

「新宿駅前で知り合ったというのはどういうことですか？」

「あそこで洋裁学校の生徒と落ちあう約束をしていたんです。それが、その相手が来ないので、わたくし、一時間ばかり待ちぼうけを食いましたの。そのとき、山本菊枝さんもわたくしと同じように誰かを待っていて、ぼんやりとわたくしの横に居たんです。そんなことからお互いが話しあうようになり、お茶を喫《の》んだのが交際のはじまりでした」

「つまり、その時、あなたは山本さんを自分のアパートに連れて帰ったんですね？」

「そうです。それから、しじゅうあの人がくるようになりましたわ」

「山本さんは独身でしたか？　少なくともそれくらいのことはお聞きになったでしょう？」

「はあ、独身ということでした」

「勤めは？」

「はっきり聞いていません。勤めてないんじゃないですか」

「独身の女が勤めていないとなると、親がかりでいるんでしょうかね？」

「わたくし、他人《ひと》のことにあんまり干渉したくないんで、そんなこと訊いたこともありません」

「なるほど。山本さんはどこの生まれだと言っていましたか？」

「北海道と言ってましたわ。ただそれだけです。北海道のどこの生まれだと訊くのもよけいなおせっかいですからね」

警部補はこの四十女の洋裁教師を少々持てあましたような恰好で、ちらりと横に立っている七兵衛刑事を見た。

このとき外から若い刑事が入って来てその七兵衛に耳打ちした。七兵衛刑事はそれを警部補に取次ぐ。

「この辺一帯の聞込みでは、その時刻、ターバンを巻いた、赤の大きな横縞のうすいセーターにグリーンのスカートを穿《は》いた女を見た人はないそうです」

4

問題は、服部和子が地下の浴室に行く途中、ボイラー室の横ですれ違った女である。その女は、和子の供述によると、赤いターバンに、赤の横縞のセーターをつけていた。スカートはグリーンという派手な恰好である。

聞込みに回った刑事が、その時刻に件《くだん》の女を見たという目撃者が取れないという報告で、七兵衛刑事と警部補との間に何やらうなずき合いが行なわれた。

「しかし、村瀬さん」

と、被害者がよく遊びに行った洋裁教師に、警部補は質問をつづけた。

「それほどあなた方が親密だったのだから、もっと何か、その山本菊枝さんから聞かれたでしょう?」

山本菊枝という名前以外、どこに住んでいるのやらさっぱりわからないというのが肥えた警部補の不審だった。

「ええ、そりゃいろいろ話しましたわ」

と、四十女は言った。

「でも、お互い、プライバシーに関係することは一切遠慮しましたの。それでないと友情がつづきませんから」

洋裁教師は小癪《こしやく》な理屈を言った。

「そりゃ、まあ、そういう場合もあるでしょう。しかし、その親しい話の中で、彼女の環境ぐらい推定できそうなことは出たはずですがね？」

「推定ですって？」

と、四十女は小皺の寄った眼をキラリと光らせた。

「わたくし、警察の者ではありませんわ。推定なんて、そんなことを期待なさるのはおかどちがいじゃありません？」

「いや、それなら想像と言い直してもいいです」

と、肥った警部補はまたたじたじとなっている。

とにかく、被害者を割ることが先決問題だった。それには、何とか機嫌を取って、この洋裁教師から話を聞かなければならない。

「たとえばですね、あなたは彼女が北海道生まれだということもお聞きになっている。それなら、現在どこに住んでいるかぐらいは必ず聞かれたでしょうね？」

「さっきも言いましたけど、渋谷のほうだとは聞いています」

村瀬妙子はぽつんと答えた。

「渋谷といっても広いですが、何町と言っていましたか？」

「さあ、別に彼女の住所には興味がないので、それだけしか聞いていません」

「なるほど。で、彼女の居たのはアパートですか？」

「そうね……なんでも、個人の小さなアパートだと言っていましたけれど、名前も何もわかりませんわ。わたくしは一度も訪ねて行く気を起こさなかったですから」

「じゃ、連絡はどうなすっていたんです？　たとえば、電話なら、その電話番号を聞いておられたでしょう？」

「その必要はありませんわ。彼女が遊びに来たとき、この次の日を約束すればよかったんだし、電話も向こうから掛けてきましたから」

「それじゃ、たびたび、山本さんはあなたのところに来たわけですね。全部で何回ぐらいですか？」

「そうね、正確にはおぼえていませんが、三カ月間に十回ぐらいでしたわ」

「十回？　すると、大体、十日に一回の割になりますね？」

「そういうことになるかもしれません」

「それほど頻繁《ひんぱん》に、彼女があなたのところに来るからには、よほど仲がよかったと思えますがね？」

「ですから、先ほど申し上げた通り、妙な噂を立てられたわけです。ほんとに陰ではわたくしのことを何て言ってるかわかりませんわ」

「そのくらい親密なら、ぼくらの常識としてあなた方はいろいろ話しあったと思いますがね」

「警察の方がお聞きになったら、くだらないとお思いになる話ばかりですわ。音楽だとか、映画だとか、本の話だとか、そんなことばかりです」

「彼女がここに泊まるのは、あなたが引き留めているんですか？」

「はじめはわたくしが引き留めていました。なにしろ、いつも話が長くなるので、女ひとり、遅く淋しいところに帰すのが気の毒だったんです」

「淋しいところですって？」

と、警部補は早速ひっかかった。

「じゃ、渋谷でもそういう場所なんですね？」

「よく知りませんけれど、彼女はそう言ったんです」

「ねえ、村瀬さん」

警部補は別なほうから入った。

「ご承知のように、その親友があいう気の毒な最期になっているんです。遺体を無事に遺族の方にお渡ししなければなりません。どうですか、アパートの名さえわかれば、そこから遺族の住所などわかると思いますがね？」

「ほんとにお気の毒です。でも、これ以上はわたくしには何とも言いようがありませんわ」

このとき、痩せた七兵衛刑事が警部補の耳に低い声でささやいた。

警部補はうなずき、改めて村瀬妙子に、

「これは弱ったことになりました。遺体は警察に持ち帰ってもいいんですが、あなたとは特別の親友のようですから、遺族の方が見つかるまであなたの部屋に安置してもらえませんか？」

と訊いた。

「何ですって？」

と、村瀬妙子の理性的な表情がたちまち崩れて眼をいっぱいに見開いた。

「わたくしの部屋に死人を置けとおっしゃるんですか？」

「そうしていただくと、亡くなった山本さんもあなたの部屋なら喜ばれるでしょうからね？」

「お断わりします」

と、彼女は金切声《かなきりごえ》で叫んだ。

「とんでもありませんわ。親しくしていたのは生きた山本さんとです。わたくしは他人ですよ。警察では他人のわたくしに殺された人の死体を押しつける権利があるんですか？」

昂奮のあまり、その肩をふるわせていた。

しかし、村瀬妙子の心配は不必要になった。

このとき別な刑事が入ってきて、

「いま監察医務院から死体運搬車が引き取りに来ました」

と報告した。

「おう、そうか」

と、肥えた警部補はうなずき、それではどうぞおひきとりください、と村瀬妙子に言った。

「あら、わたくしへの訊問《じんもん》は、これでもうお済みになりましたか？」

彼女は警部補のカラ回りを心地よげに見戍《まも》った。

「いずれあとで詳しくお訊ねすることになるでしょう」

「いつでもいらっしてください」

彼女は肩を聳《そび》やかした。

警部補は七兵衛刑事を促し、地下室に取って返した。

地下室の階段を降りたところに縄が張られ巡査が立番をしていた。そこまで見物人が来ていた。

今しも浴室からは、白布に覆われた屍体をのせた担架が監察医務医員の手でしずしずと運ばれて来るところだった。警部補は傍らに寄って七兵衛刑事と共に遺体に向かい頭を下げた。

「解剖は朝になってからはじまります」

担架のうしろに従っていた白い上張りの医員が警部補に言った。

「よろしくお願いします」

立番の巡査が縄を外すと、白布の担架は階段を上ってゆく。野次馬はさすがに一方の壁に寄って固唾《かたず》をのんで見送っていた。

地上に出ると、玄関の前には救急車に似たかたちの運搬車が外灯の光を浴びて停まっていた。その後部から担架が差し入れられた。

アパート中の窓からは人の首が全部のぞいていた。これは女子専用も男子専用も一緒である。

やがて、不吉な車はアパートの前から走り去った。窓の人間が溜息ともつかぬどよめきを洩らした。

警部補は運搬車を見送ってから、七兵衛刑事を促してアパートへ戻った。まだまだこれから訊かなければならないことが残っている、といった張り切りようだった。

彼は再び管理人室に入った。管理人は女房に命じて、茶や菓子の接待につとめた。

「管理人さん、このアパートの部屋割一覧表がありますか？」

「はい、ございます。これです」

管理人は、机の前に立てかけた帳簿の間から厚いセルロイドに挿《はさ》んだ紙を取り出して見せた。

警部補はそれに眼を注意深く落とした。

村瀬妙子は二階の二〇九号室だ。これは西隣が洗濯場になっている。東隣が二一〇号室で、順次二一五号室まである。

このアパートの構造は、各階が両側に八室ずつある仕組になっている。だから、南側の西端から一号がはじまって八号で終わりとなっている。各階、同じ構造で、二階が二〇X号、三階が三〇X号と呼ばれる。

しかし、両側を入れて全部で十五室となっているのは、二〇一号、三〇一号、四〇一号の各室の前が洗濯場になっているからだ。東側の突き当たりにはトイレがある。

いま警部補が眼を止めているのは、村瀬妙子の二〇九号室を中心に、その隣の二一〇号室、向かい側の三つの室であった。向こう三軒両隣と言いたいところだが、あいにくと片隣が洗濯場で、ここには共同の電気洗濯機が置いてあるだけだ。

「二一〇号室の南恭子さんは、どういう職業ですか？」

警部補は、その表の上に指を置いて訊いた。

「はい、南さんは映画のスクリプターです」

「ははあ、俳優たちのセリフが間違っていないかどうか、台本と照らし合わせる職業ですね」

警部補はその職業を知っている。傍らで七兵衛刑事が手帳に書き込んでいた。

「二〇三号室の広田綾子《ひろたあやこ》さんは、どういう職業ですか？」

「はい、その方は化粧品のセールスです」

「なるほど、最新の職業ですな。二〇二号室の村上照子さんは？」

「その方は家庭裁判所に出ていらっしゃいます」

「なるほど、なるほど。で、二〇一号室の細川みな子さんは？」

「その方は或る官庁の交換手です。なんでも班長だと言って威張っておられますが、もう二十年もそこに勤められているようです」

「すると、相当な年配ですな？」

「はい、四十近くになられます」

「よろしい」

ここで警部補は七兵衛刑事と打合わせをし、まず、二〇九号室の真ん前の二〇二号室にいる家庭裁判所勤務、村上照子をここに呼んでもらうことにした。

「気をつけてくださいよ。あんまり騒がれると困りますからね」

警部補は、ここが女ばかりの世界であることに注意した。

「はい、わかりました」

「その前に訊きますが、村上さんはどういう感じの人ですか？」

「そうですね、年齢は三十五歳ぐらいで、あまり人づき合いはしてないようです。

わたしどもと出遇っても軽く会釈《えしゃく》されるだけで、あんまり口も利きません」

「家庭裁判所というと、帰りは早いわけですね？」

「正確に七時にはお帰りになってるようです」

「結構です。どうぞ」

と、警部補は管理人に彼女を呼ぶことを促した。


「さあ、詳しいことは存じませんわ」

村上照子は細い顔に大きな眼鏡をずり上げて警部補の質問に答えた。彼女はひどく落着いていた。

「いくらわたしの部屋の前が二〇九号室の村瀬妙子さんでも、夜忍んでいらっしゃるお客さまのことなど、わたしにはわかりませんわ」

「ははあ、忍んで来るというのはどういうことですか？」

警部補は手をこすり合わせた。

「大体、もうお調べになったでしょう。いま風呂場で殺されたという女性は、このアパート中が寝静まったころにやって来るのです。足音でわかりますわ。その方が二〇九号室の前に来ると、別にノックもしないのにドアがギーッとあくんです。あれじゃ、村瀬さんがそのお客さまの見えるのをいつも待ち構えているにちがいありませんわ」

「なるほどね。あなたは、その山本菊枝さん、つまり、これは村瀬さんが言ってるお客さんの名前ですがね。その人をよく見たことがありますか？」

「一度だけわたしがおそい時間にお風呂から上がったとき、廊下で見かけたことがあります。でも、その人はさっと廊下の暗いところ、つまり、上に点《っ》いている電灯の届かないところに身を隠しました。あんまり気の毒なので、わたしは知らん顔をして部屋に戻りましたが、あんなにおどおどするお客さまを見たことがありませんわ」

「そこから、変な想像が起こるわけですね？」

警部補は表情を動かさないで言った。職権の上から、感情に「男」を出してはならない。

「そうなんですの。もうお聞きになりましたか？」

「いや、ちらと耳にせんでもないですがね」

「その噂は相当ひろまってるんです。だって、その人の態度といい、必ず泊まってゆく様子といい、てっきりアレに違いありませんわ」

「泊まった翌《あく》る朝はどうなんです？」

「それもずいぶん早く村瀬さんの部屋を出て行くようですわ。そうですね、六時前じゃないでしょうか。この辺のアパートはみんな七時ごろからぼそぼそと起きる人ばかりですから、朝帰りの彼女の姿を見た者はないんです」

「すると、あなたは彼女の足音、いや、ハイヒールか何かの靴音を聞いていたわけですね？」

「中ヒールです」

と、村上照子は訂正して、

「そうなんですの。わたし、神経質なもんですから、そんな音ですぐに眼が醒めるんですの」

「あなたは、そのことで村瀬妙子さんに話したことがありますか？」

「とんでもありませんわ。そんなことがあると、よけいに何も言えないものです。それに、わたし、家庭裁判所に勤めているでしょ。あそこでは、そりゃもう家庭内のいろんなトラブルが持ち込まれるんです。まあ、人生の縮図と言ってもよろしいわ。そんな人間臭い話をさんざん聞いているものですから、この部屋に帰ってからは、もう誰とも口を利きたくありません。ですから、テレビはあってもめったに画面を見たことはありませんわ。スイッチを押すのは音楽会の中継のようなものだけです。レコードがわたしの唯一の趣味なんですの」

「なるほど、そのお気持はよくわかりますよ。……ところで、今夜、村瀬妙子さんのところに、その靴音が聞こえましたか？」

「ええ、聞こえましたわ」

彼女ははっきりと言った。

「それは何時ごろですか？」

「そうですね、十時二十分ごろだったんじゃないでしょうか、でも、靴音はそのままドアの前から階段のほうに引き返しましたわ。きっとドアののぞき窓が暗かったので、村瀬さんの留守がわかったのでしょう」

「なるほどね」

すると、その来訪者は村瀬妙子の不在を知って、その帰りを待つ間、地下室の風呂場に行ったということになろう。しかし、タオルは自分で持ってきていたのだろうか？　第一それほど用心深い女が、今まで入ったこともない風呂にどうして急に入る気になったのか。

その時刻、村瀬妙子には確実な不在証明《アリバイ》がある。

「ところで、その変な噂、つまり、その村瀬さんと訪問の女客との間に同性愛があったというのは、誰が言い出したのですか？」

警部補は遠慮げに訊いた。

「誰ということはありませんよ。何となく評判が立っているのです」

「しかし、村瀬さんの二〇九号室に近い部屋からその噂ははじまったのでしょうね、何といっても発見されやすいですからな」

「あら」

村上照子は警部補に眼をすえた。

「じゃア、わたしがその噂を撒《ま》き散らしたとでもおっしゃるのですか？　わたしの部屋が村瀬さんの前だから、わたしがその発見者だと思ってらっしゃるんですね？」

5

村瀬妙子の同性愛の噂をわたしが撒き散らしたとでもおっしゃるのですか、と村上照子に詰め寄られて、肥えた警部補はたじたじとなった。

「いや、そういうわけじゃないですが、参考のためにお訊きするのですよ」

「参考ですって？」

家庭裁判所の村上照子はかっと眼をむいた。

「何をおっしゃるのです。わたしは参考人なんかにはなりませんよ」

えらい剣幕なのは、彼女が家裁で参考人を見馴れているせいかもしれない。つまり、調停官の前に頭を下げている参考人の姿が軽蔑的に映っているのだろう。

「いや、別にそういう意味の参考人じゃありません。つまり、その、なんですな、あなたが村瀬さんの真ん前の部屋に居るから、そういう感じを持たれたのではないかと思うのです」

警部補は釈明的になった。

「真ん前に居るのはわたしですが、何もわたしの部屋に限ることはないでしょう。両側のお隣りさんだってありますよ」

両隣は細川みな子と広田綾子である。

「いや、よくわかりました。どうも」

警部補は七兵衛刑事を従えて、村上照子の隣に居る官庁電話交換手の細川みな子を訪問した。

細川みな子はドアの内側に立ったままで応対した。この女は大そう丁寧である。しかし、職場で班長だというだけに、妙に頭《ず》が高かった。

「同性愛だなんて、そんな穢《けが》らわしいことをわたしが口にしますか」

と、上品な言葉で彼女は断わった。

「しかし、村瀬さんのところに女性が忍んで来たことを、お気づきになったことがあるでしょう?」

「ええ、それはありますわ。でも、他人《ひと》のお客さまのことをじろじろ見ているような、はしたない真似はしません」

これは村上照子に当てつけた言葉らしい。

警部補はまた二〇三号室の広田綾子のところに出向いた。広田綾子は自分の部屋で話した。この女は背が低く、警察から調べに来たというので、ひどくおどおどしていた。

警部補が同じ質問をすると、

「わたくしもちらりと見たことがございますが、どうもはっきりとはわかりませんので」

と、行儀よく坐って膝に手を置き、いちいち頭を前に傾けて言った。

「そうですか。その女《ひと》の顔をご覧になったこともないんですね？」

「はい、よくわかりません」

「村瀬さんに、その、同性愛……という噂は、誰からお聞きになったんですか？」

「はい、それを申しますと、ほんとに困るんですけれど」

「いや、ここでは何をおっしゃっても絶対にほかの人には洩らしませんよ」

「はい、それはお隣の村上照子さんからでございます」

「なるほど」

警部補は、やっぱりそうか、というように太い首をうなずかせた。

「村上さんは二〇九号室の中をのぞいてでも見たのでしょうかね？」

警部補の訊問は少し図に乗った。

「いいえ、まさかそんなことはなさらないでしょう。でも、村瀬さんの様子からすると、そういう噂を立てられても仕方がないようなところがございますわ」

「ははあ。すると、夜更けに訪問客が二〇九号室の前に来ると、村瀬さんがドアを中からあけるわけですね？」

「はい。わたくしもそれは足音で聞いたことがございますし、ドアの開く音がするのも耳にしたことがございます……」

そのときだった。廊下で急に騒がしい声がした。女ばかりのところなので、その騒音は奇妙に澄んだ金属性になっている。

警部補がまた何か起こったのかと大きな図体を廊下に出すと、四、五人の女が昂奮した顔で近づいてきた。

「刑事さん、大変です」

うしろにいた七兵衛刑事が緊張して眼を鷹《たか》のように光らせた。

「何ですか？　何が起こったのですか？」

「いま泥棒が入ったんです」

「泥棒？　どこに？」

「三階の三〇六号室ですわ。江藤美也子さんの部屋です」

「犯人は逃げましたか？」

「ええ、跡形もありませんわ」

「何を盗《と》られたんです？」

「下着ですわ」

「下着？」

「女の下着です。ベランダに干していたのを全部盗られているんです」

警部補は拍子抜けした顔になった。うしろの七兵衛刑事も聳《そび》やかした肩を落とした。

「それなら、明日交番にでも届けてください」

「いいえ、交番に届けても一向に埒《らち》があきませんわ。このアパート中で、その被害にかからない人はいないんです。恰度《ちょうど》いい機会ですわ。刑事さん、ちょっと三〇六号室に上がって現場を見てください」

「泥棒と言われますが、つまり、痴漢というわけですね？」

「痴漢かどうか知りませんが、盗られたのは品物ですからね、窃盗でしょう」

なるほど、その通りだから警部補も黙った。

「ほんとに気味が悪くて仕方がありませんわ。ことは小さいかもわかりませんけれど、ああして三階のベランダにまで忍び込んで来るんじゃ、将来、もっと大きな事件が起こるかもしれませんよ。部屋の間取など全部知られてるわけですからね」

「そうですな」

それも一理ある、と警部補はうなずいた。実際にあとで大事件が起こった場合、いまこれを聞き流していては彼の責任問題にもなりかねない。

「君、ちょっと見てくれ」

と、警部補は七兵衛刑事に命じた。

「はあ」

額が赧《あか》く禿げ上がった刑事は部屋を出た。

肥った警部補は詰まらないことで邪魔された不服顔で広田綾子の前に戻った。


七兵衛刑事は、女たちの案内で三階に行った。こうなると殺人事件よりも、たった今起こった生々しい痴漢事件のほうが女性たちの興味をひくらしい。もう、警部補の傍に残る者は一人もいなかった。

三階に上ると、さっきの殺人事件のやじ馬たちがそのまま廊下に彳《たたず》んでいた。

「いやアね。気味の悪いことがつづいて起こるわ」

とか、

「このアパート、越そうかしら」

とかいう声が、廊下を通る七兵衛刑事の耳に入ってくる。みんな、じろじろと彼のほうを見ていた。

「ここですよ」

と先頭に立っていた痩せた女が三〇六号室の前で七兵衛刑事をふりかえり、自分からノックした。

内から返事があって、細い顔の女がドアを開いた。

「江藤さん、刑事さんが来てくれましたよ。……刑事さん、この方のものが盗られたんです」

と痩せた女は七兵衛刑事に教えた。

「済みません」

江藤美也子はおじぎをして、

「届けることもなかったのですが」

と、眼を伏せて小さな声で言った。この様子でみると、ほかの者が騒ぎ出したらしい。

「いいえ、こういう際ですから、江藤さん、届けたほうがいいですよ。刑事さんが見えているのが恰度いいチャンスですよ」

と、果たして痩せた女が言った。

ほかにも、そこに集まっている女性たちが、

「ええ、そうよ。このアパートの住人でその被害をうけない者はないわ」

「この際、徹底的に調べて頂きたいわ」

などと口々に言った。

「では、現場を拝見しましょうか」

七兵衛刑事は突き上げられたように被害者に言った。

「どうぞ」

江藤美也子も仕方なさそうに刑事を中に請《しよう》じた。

七兵衛刑事は入口で靴を脱いだが、室内を一目見て眼をむいている。部屋飾りや調度の豪華さにびっくりしているのだ。とても刑事ぐらいでは及びもつかない生活である。それに女ひとりの住まいという、ふんわりとした、擽《くすぐ》ったい雰囲気が溢れている。

江藤美也子はベランダに出るガラス戸を開いた。暗い空がひろがり遠くの街の灯が燦《きらめ》いている。

「ここに干していたんですの」

美也子はベランダの物干ロープを指した。それにはさまざまな色の洗濯ばさみが鈴のように下がっていた。

「なるほど。で、どこからここまで来るんでしょうね?」

「この下に僅《わず》かな足がかりがありますわ」

江藤美也子が下を指したので、刑事は腰から大きな筒型懐中電灯を取り出し、ベランダに出て照らして見た。

それは、二階と三階の間に軒《のき》ともいえないような小さな突き出しがついている。片足を載せても、半分は足の裏がはみ出そうな狭さだった。

「ここを伝って、ベランダの底を手がかりにしていたに違いありません」

各部屋のベランダの間隔は約二メートルも開いている。その間は手がかりがないから、窃盗犯人はまさに軽業《かるわざ》みたいな作業をやって盗るのだった。

「そんなことができるのかな。これじゃ一歩間違えると、下に墜落して命にも関《かか》わりかねない」

七兵衛刑事は下をのぞいて言った。下には約一メートル半くらいの幅でコンクリートの床が出ている。この上に落下して頭を割れば一溜《ひとたま》りもあるまい。

「本当ですわ。想像してるほうがぞっとしますわ」

「どこから、ここに登って来るんだろうな？」

「下の浴場の囲いからに違いありません」

「なるほど」

浴場はコンクリートの厚い塀で囲まれている。これは地下室から高く突き出ているが、地上からは一メートルぐらいの高さになっていた。それに足をかけて、角に少し突き出ている壁を伝わると、三階のベランダまで上れないことはない。

「本当にいやでございますね」

江藤美也子の室を出たところで、上品な嗄《か》れた声が聞こえたので、七兵衛刑事が振り向くと、色の白い老婆が眼をすぼめて被害者のうしろに立っていた。

「本当にご苦労さまです」

栗宮多加子は七兵衛刑事と眼が合ったので鷹揚《おうよう》に言った。

「ねえ、江藤さん、刑事さんにすっかりお話しなさいませ。足跡などきっと付いているに違いありませんわ。刑事さん、今のうちに足跡をよく調べて頂けませんか？」

「さあ、この暗さではちょっとそれはむずかしいですな。明日、誰かを寄越すようにします」

「そうですか。でも、交番に届けてもお巡りさんは来てくださらないし、本当に、不用心で仕方がありませんわ」

「江藤さん、盗難届を明日書いてくれませんか」

刑事はわざとその場では訊かなかった。女の下着というのは大ていい品目がわかっている。彼も照れ臭くて訊けなかったのであろう。

アパートの浴室で殺された被害者の身元がわかった。——

翌日の昼過ぎ、新聞を見たと言って警視庁に届出があったのだ。それは新宿のバー「螢《ほたる》」のマダムで、梶原繁子《かじわらしげこ》といった。

係官がさっそく被害者の顔写真を見せると、

「間違いありません。これです」

と断言した。

「螢」のマダムは、三十一、二の、色っぽい女だったが、派手な和服で捜査一課の係長室に入ってきた。

「わざわざ報らして頂いて、どうもありがとう」

と、肥えた警部補は係官に代わって面接した。

「どうして被害者をご存じですか？」

「わたしのところで働いている女の子ですわ」

「ははあ、そいじゃ、すぐわかるわけですね。公営アパートの殺人ということで、すぐに見当がついたのですって？」

「はい。昨夜、その子は店を休んだし、そのアパートのことはしじゅう口にしていましたから」

「なに、しじゅう言っていた？　それを詳しく聞きましょうか」

と、警部補は張り切った。

「まず、その前に被害者の身元はどうです？」

「その子は浜谷《はまたに》ワカ子といいまして、北海道の生まれとか言っていました」

「なるほど、なるほど」

名前はちがうが出身は警部補が村瀬妙子から聞いた話と一致している。

「わたしのところに来たのは半年ぐらい前ですわ。或る日、突然やって来て、使ってみてくれと言うんですの。恰度、二人ほど女の子がよその店に引き抜かれたあとなので、すぐに置きました。客あしらいは、少しすれっからしなくらい馴れていたし、まあまあ、いいだろうと思っていたんです」

「その子はあなたの店の二階にでも寝泊まりしていたんですか？」

「いいえ、違います。大久保のほうのアパートに居るということでしたが、店の者は誰も行ったことはありません」

「しかし、住所ぐらい聞いているでしょう？」

「わたしのほうは、そんな詮索《せんさく》は一切しませんの。それに、女の子は一人ひとり事情がありますから、あんまりつつくと厭がるんです」

「わかりました。で、その子はしじゅう問題の世田谷のアパートに行っていましたか？」

「ええ、それはよく口にしていました」

「ほほう。すると、そこにいい人でも居たわけですね？」

「そうなんですの。よく土曜日の晩休むことがありましたわ」

「そこに好きな男が居たとすれば、名前はわかりませんか？」

「それが、あの子、絶対に言わなかったんです。ただ、いい人が居ることだけはニヤニヤしてはほのめかしていましたけれど」

「なぜでしょう？　その子はいつもそんな性格なんですか？」

「いいえ。店に入りたてのときは男の人などがよく来ていたし、また相手の名前や素性を言って大っぴらに惚気《のろけ》たこともありました」

「すると、今度に限り、それは匿《かく》していたわけですね？」

「はい」

警部補は、ここで浜谷ワカ子の相手が男性でなく女であることを思い、合点合点をした。まさか同性愛を口にする女もあるまい。だから相手の名前が言えなかったのだ。

「その子の品行はどうなんです？」

「それがどうも言いにくいことですが、あんまり芳《かんば》しくないのです」

「ははあ。すると、ご乱行が激しいということですか？」

「いいえ。わたしの店に来てからは、わたしの監督が厳しいものですから、そんなことはさせません」

マダムはここで自分の店のＰＲをした。それは多分に警察を意識している。

「では、問題はその以前ですか？」

「変な噂を聞きましたわ」

「変な噂？」

「ええ。これはちらっと聞いたことですけれど、ワカ子は以前、コールガールをしていたというんです」

「コールガール？」

警部補はさっそく手帳につけた。

「それは事実ですか？」

「今も申します通り、女の子たちがどこかで噂を聞いて、ひそひそと教えてくれたのです。前に彼女を呼んだことのある人から聞いたというんですが、わたしも半信半疑でございます」

「なるほどね。で、そのコールガールはどこのクラブに所属していたんでしょうか？」

「わかりません」

マダムは首を振った。

警部補は、それならクラブを捜せばわかると思い、その先の質問をつづけた。

「あなたの店に、そんな男の客を連れ込んだことがありますか？」

「いいえ、それはありません。だって、いかに厚かましくても、そんなことはできないでしょう」

「なるほど」

警部補は、ここでそろそろ質問を変えた。

「その浜谷さんは、あなたの店で村瀬妙子という人の名前は言わなかったですか？中年の独身婦人ですがね」

「ええ、その方なら、お店に二、三度見えましたわ」

「なに、店に来た？」

警部補は思わず身体をのり出した。

6

村瀬妙子が被害者の勤めていたバーに姿を現わしたことがあると聞いて、警部補はまるい顔を引き緊《し》めたが、恰度《ちようど》、そこに七兵衛刑事が入ってきた。警部補は彼に、そこに坐って一緒にバーのマダムの話を聞くように、手でこっそり合図した。

「それは村瀬妙子さんに間違いないでしょうね？」

警部補は念を押した。

「はい。ワカ子はその人を村瀬さんと呼んでわたしにも紹介しましたわ。中年の女の人なら間違いないと思います」

マダムはそう答えて、ごめんなさい、と言い、ハンドバッグの中から煙草を取り出し、馴れた手つきでライターを鳴らした。

「で、浜谷さんは村瀬さんのことを何と言っていましたか？」

警部補はマダムの烟《けむり》を少し避《よ》けるようにして訊いた。

「そうねえ、お姉さまと言ってましたわ」

「うむ、お姉さまね」

警部補が合点したのは、女の同性愛の場合は姉妹として呼びあうのが妥当と思えたからだ。

「じゃ、二人ともなかなか親密でしたね？」

「そうねえ、どちらかというと、村瀬さんのほうがワカ子に馴れ馴れしいように見受けましたわ。とてもかわいがってるようなふうでした」

「なるほどね。で、ワカ子さんのほうは村瀬さんにやっぱりお姉さんとして甘えていましたか？」

「それが、わたしどもの手前があるのか、ワカ子のほうはいくらか遠慮してるふうでした。村瀬さんというお客さんのほうが、かなり積極的な感じでしたわ」

「村瀬さんがあなたのバーに現われたのは二、三度でしたね？」

「はい」

「最後に来たのは今から幾日前ですか？」

「そうですねえ、四日ぐらい前だったかしら。十時ごろに一人でふらふらと入って来て……」

「ちょっと。それはいつも一人で来るんですか？」

「そうなんです。村瀬さんという人はわりあいお酒がいけるほうじゃないんですか。店に来たときもかなり下地が入っていたようでした。うちではウイスキーのオンザロックを一杯だけ飲んで出ましたけど」

「もちろん、お店ではワカ子さんが付いたのでしょうね？」

「ええ、ずっと付きっきりでしたわ」

「そのとき二人はどういう話をしていましたか？」

「さあ、女二人で親密そうに話しているので、ほかの子はあまりそのテーブルに寄りつかなかったのです。ですから、二人の話は聞いた者がありませんわ。やっぱり男のお客を扱うようにはいきませんから」

「どうもありがとう。おかげで大へん参考になりました。わざわざお出かけくださってお礼を申します」

肥えた警部補が猪首《いのくび》を動かすと、マダムはにっこり笑い、煙草をハンドバッグの中にしまって留金を鳴らし、すらりと起ち上がった。

マダムの梶原繁子が出て行くと、警部補は七兵衛刑事に言った。

「被害者はコールガールをしていたという噂があるそうだがね。新宿のほうらしいが、どこの組織に入っているかわからない。それに、住んでるアパートも、店には曖昧《あいまい》にしか教えていないそうだ。ただ大久保のほうということだけしかわからないんだが、とにかく、そのアパートから捜し出してもらいたい」

「わかりました。それから、バーに来た村瀬妙子と称する女は本ものかどうか、一度たしかめる必要がありますね？」

「そうだな。では、明日あたり村瀬さんに来てもらって、それとなく今のマダムに面通しをさせてみよう。……まあ、本人に間違いないと思うがね」

「そうですな。ぼくもそう思います」

「ところで、君、発見者の服部和子がすれ違ったという風呂帰りの女はまだ突き止められないかね？」

「全然、聞込みにあがっていません。……あるいは、男子アパートのほうに行ったという考え方もあります」

「しかし、それほど派手な恰好をしている女なら、男子アパートのほうでも誰かが見ているわけだがね」

「恰度時間が遅いので、廊下を通る人もいなかったのです。男子アパートの各部屋については一応当たらせましたが、これはというものが出ないのです。もし、彼女が誰かの愛人だったら、部屋主の男は絶対に言いっこありませんからね。すると、その男も共犯ということになるし、今のところ、それは考えられません」

「結局、その女は無関係だというわけだね？」

「どうもそんな気がしますよ。あるいは、その女が風呂に入る前に、すでに浜谷ワカ子は殺され湯槽の底に横たわっていたんじゃないでしょうか。湯槽は相当広いので、一人だけ入浴した場合、はなれていれば足は死体にふれませんからね」

「そうだな」

警察では、そのすれ違った女を容疑者とする説と、彼女は犯人ではないが、かかわりあいをいやがって名のり出ないので犯人は外部から忍び込んだという説と、いま二通りに分かれている。外部説は、犯人が男で、人気《ひとけ》のない浴室に侵入し、女に騒がれたので絞め殺して湯に突っ込んだという推測である。これはアパートに下着を頻々《ひんぴん》と盗む痴漢の出没があるので、これと結びつけているのだ。

「それにしても、村瀬妙子はどうしてあの〝螢〟というバーに行ったことをわれわれに言わなかったのだろう？　それに、浜谷ワカ子の名前も住所も、本当のことは言わずにデタラメを述べていた」

「そうですな。しかし、それはですな、ますます同性愛のことを感づかれるからじやないでしょうか。彼女はその噂をずいぶんと気にしていたようですから」

七兵衛刑事が広い額を撫でて答えた。

「どうせわかることを隠し立てすることもないのに、女というものは浅はかだな。……ところで、今朝、あのアパートに誰かやったかい？」

「例の下着泥棒ですか。さっき若いのが帰って来て報告を受けましたが、侵入口は風呂場の横の塀を攀《よ》じ登っています。実に男の執念とはいいながら冒険をやったものです。もし、足を踏み外せば、三階あたりからなら一溜《ひとたま》りもありませんよ」

七兵衛刑事は若い刑事をつれて半日がかりで大久保一帯を捜し回った結果、被害者の浜谷ワカ子の居たアパートを突き止めた。

そこは路地をいくつも曲がった奥で、汚ない個人アパートだ。出て来た持主のかみさんに訊くと、

「浜谷さんは三月《みつき》ほど前からうちに来ましたがね。さあ、住民登録も何もしていないので、原籍地なんかさっぱりわかりません。登録を早くするように催促はしましたが、もうすぐ手続をすると言って言い逃がれをしているので、こちらも根負けしました」

と、色の蒼い中年女は言った。入居者の違反を咎《とが》められるのを怖れている様子だ

った。

「食事はほとんどうちでしないようだし、朝もパンですからね、別に米を取るのに関係はなかったようですわ」

「この部屋を借りてから、友だちなど遊びに来ましたか？」

七兵衛刑事は訊いた。

「いいえ、誰も来ません。いつも浜谷さんは留守がちでしたからね。外泊もかなりありましたよ」

「どこに泊まって帰るんですかね？」

「バーに勤めていたというから、いい加減な生活だったにちがいありません。そんなだらしない人はもうお断わりしようと、前々から思っていたところです。へえ、殺されたとすると、やっぱり男関係でしょうね」

「そんな様子がありましたか？」

「いいえ、わたしたちとは口をあんまり利きませんから様子がわかりませんが、何となくそう思うのです」

「一ぺん部屋を見させてください」

「さあさあ、どうぞ」

部屋は四畳半一間だが、ほとんど調度らしいものはなく、雑然としてはいるががらんとした感じだった。着るものは部屋いっぱいハンガーに吊り下げてならんでいる。しかし、そのおびただしい洋服や着物はどれも上等なもののようだった。

古びた机を掻き回してみたが、これというものも発見できない。机の中は煙草の空函《あきばこ》やバーのマッチで乱れ、畳の上にはトースターや、ビール瓶や、コップ、茶碗といったものが古新聞と一緒に自堕落に置かれてあった。

「まあ、汚ない。よっぽどだらしない女《ひと》ですね」

持主の女は顔をしかめている。

「ここに入居する前、彼女はどこに居たのですか？」

「なんでも、世田谷のほうに居たということですけれど、アテになりませんわ。うちに入ったのは周旋屋《しゅうせんや》を通じてです」

「部屋代はきちんと払っていましたか？」

「ええ、それは貰っています。そうしないと、八千円の家賃ですから、滞《とどこお》らされると合いませんよ」

「前のアパートの名前もわからないでしょうな？」

「わかりません」

「彼女はここに村瀬妙子さんという女の人を連れて来たことはありませんか？」

「いいえ、わたしの見る限りでは、そんな人を連れて来たことはありません」

「男もこないし、女もこないとなると、よほど自分の塒《ねぐら》を他人《ひと》に教えたくなかったんですな。……ところで、変な噂を聞いたのですがね。彼女はコールガールをしていたというが、どうですか？」

「えっ、コールガールですって？」

顔色の悪い女は濁《にご》った眼をまるくして、

「まあ、それは知りませんでした。道理で外泊が多いと思いましたわ」

と、改めて部屋の中を穢《けが》らわしそうに見回した。

「それじゃ、お宅では何もわからないわけですね？」

「全然、わかりません」

七兵衛刑事はアパートを出て、今度は新宿の或る喫茶店に入った。この辺は夜遅くまで店をあけている飲食店が多い。

「よう、旦那、何ですかい？」

と、表から二十七、八の、背の高い男が入って来て、七兵衛刑事の前にニヤニヤしながら坐った。この辺の「組」の者で兄哥《あにい》格だった。

「君にちょっと頼みたいんだが、コールガールをしていた女が一人殺されたのだ。そんな女を使っていたクラブはないか、心当たりを訊いてくれないか」

「殺されたんですって？　さあ、それならこっちの耳にも入りそうなものですがね」

「新聞に出ていたろう。世田谷のほうのアパートの浴室で仏になっていたんだがね」

「ああ、それなら読みましたよ。でも、騒ぎ立てないところをみると、新宿《ジュク》の女《スケ》じゃないでしょうね」

「現在じゃない、半年ぐらい前に、そういうクラブにいたことがあったそうだ。殺されたときは小さなバーで働いていたがね」

「バーというのはどこですか？」

「〝螢〟という店だが」

「ああ、あそこですか。あそこなら女給は寄せ集めですから、どんな女が来ているかわかりません。客にあくどいサービスをさせるということで、どうにかもってる店ですよ」

「そうか。ま、とにかく、クラブのほうを頼む」

「ようがす。旦那、しばらくここで昼寝でもしていてください」

彼は颯爽《さっそう》として出て行ったが、言葉の通り一時間して舞い戻ってきた。

「旦那、やっぱり新宿《ジュク》ではないようですよ。どこも知らないと言っています。渋谷あたりじゃないでしょうかね」


翌日、警部補は村瀬妙子に午後二時ごろ本庁に来てもらった。

村瀬妙子は狭い部屋に通ると、警部補にひどく不機嫌な調子で文句を言った。

「どうしてわたしをこんなところに呼ばなければならないんですか。これではまるでわたしが被疑者扱いではありませんか。迷惑ですわ」

肥えた警部補は彼女をなだめた。彼は童顔だったから、こういう場合のなだめ役には向いていた。

「まあまあ、村瀬さん、そう怒らないでください。われわれも、あなたに迷惑をかけることは十分に承知しているのです。しかし、われわれとしては何とか犯人を捕まえなければならないのです。そのためにはぜひあなたの協力がほしいのです。今のところ、あなた以外に頼る人はありませんからね」

「それは警察の捜査力が貧弱だからですわ。他人に頼らずに自力で進めないからです。わたしには勤めがありますからね。こんなふうにこれからもたびたび呼び出されては、そちらに不都合ができて迷惑します」

「いや、もうこれきりでお呼びすることはないと思います。なにしろ、被害者をよく知っているのはあなた以外にいませんからね」

「ほんとに迷惑ですわ。まさかわたしが彼女をどうかしたとは思っていないでしょうね？」

「いや、それはちゃんとあなたのアリバイが証明されてるからご安心ください」

「そうですか。では、早く用事を言ってください」

「実は、被害者の身元がわかったのです。浜谷ワカ子といって、新宿のバー〝螢〟に働いている女の子でした。そのバーで聞くと、あなたはそこに浜谷さんを訪ねて二、三度行ったそうですね？」

村瀬妙子はどきんとしたように返事をためらっていたが、

「ええ、参りましたわ」

と、顔をあげて昂然と答えた。居直った感じだった。

「困りましたね。どうしてそれを早く言ってくださらなかったのです？　あなたは浜谷ワカ子さんを山本菊枝さんと言ったり、大久保のアパートを渋谷と言ったり、嘘ばっかり言ってるじゃありませんか」

「それは、わたしがあの子と関《かか》わり合いがあったことを妙に誤解されたくなかったからです。でも、そのバーに訪ねて行ったぐらいは直接事件とは関係ありませんわ」

「そりゃそうです。ですが、あなたは浜谷さんと知合いになったのは新宿駅で偶然一緒になってからだと言いましたね。そうなると、あなたがバーに二、三度訪ねて行ったことからして、その辺もはっきりとしたいのですが」

「それも嘘だとおっしゃるんですか?」

村瀬妙子は警部補に突っかかるように言った。

「いや、嘘だとは言いませんが、もう一度確認したいのです」

「何度訊かれても同じことです。……そのときに初めて口を利いて、彼女がこういう店に働いているから通りがかりに寄ってくれと言ったので、ずっとあとになって顔を出しただけですわ」

警部補と村瀬妙子との間にこういう問答が交されているとき、七兵衛刑事はバーのマダム梶原繁子を面通しの窓から実検させていた。言うまでもなく、こちらからは向こうの姿が見えるが、中からは外の人間が映らないという魔術の鏡になっている。

「ああ、あの方ですわ」

と、バーのマダムは大きな声で断言した。ただし、ここでどのように叫ぼうと、内部の村瀬妙子の耳には絶対に聞こえない仕掛けになっている。

「ワカ子を訪ねて店に来たのは、あの人に間違いありません。ほれ、いま何か話している口もとの特徴といい、ワカ子に向かっていやに馴れ馴れしく喋《しやべ》っていたときにそっくりですわ」

「どうもありがとう」

七兵衛刑事は梶原繁子をそこから連れ出し、自分の部屋に戻って彼女の証言を書類に作った。バーのマダム繁子は珍しそうに自分の証言が文章になっているのを読み、喜んで認《みとめ》を自分の名前の下にはっきりと捺印《なついん》した。

洋裁教師の村瀬妙子はぷりぷりして帰り、新宿の安バーのマダムはいくらか上気して去ったあと、警部補の部屋で捜査会議が開かれた。

7

殺人事件では、被害者の身元が割れると捜査が大きく前進するのが普通である。世田谷のアパートで殺された浜谷ワカ子の事件も、彼女の身元が知れたので捜査の進行に大きく期待を持たれたが、肝心の本人がコールガールをしていた前歴もあって周囲の関係がよく摑《つか》めない。

被害者の交遊関係から犯人の手がかりを求めてゆくのが捜査の常道だが、浜谷ワカ子の場合は、特殊な職業をしていただけに男関係もかなり複雑だと思われた。しかも大部分が匿《かく》されているので、捜査は一頓挫《いちとんざ》を来《きた》している。

この日の捜査会議では、問題を根本から検討し直してみることになった。肥えた警部補は司会者のような立場で各捜査員の意見をまとめたのだが、重点的には次のようなことになった。

①被害者の浜谷ワカ子は入浴中に襲われたが、被害者は声をたてていない。だから、被害者と加害者とは知合いだったということが考えられる。

もっとも、浴室は地下室になっているので、少々声を立てても上のほうには届かないかもしれない。

しかし、上部にある回転窓は湯気を排除するために開かれているので、その声が大きければ、庭に面した窓からその絶叫は外に聞こえたはずである。

刑事の調査によると、当夜、かなり離れたところではあるが、近所の人が立話をしており、また男子部の二階、三階には窓を開けていた者もあるから、浴室の叫びはここまでは届いたと考えられるが、それが無かったのは、やはり被害者はいきなり頸《くび》を絞められたため声を出すこともできなかったと推定される。

もう一つ、浴室は地下の突き当たりとなっていて、入浴時間を過ぎれば、人もあまり寄りつかない場所である。ボイラー室は、午後十時を過ぎると罐《かま》を焚いている管理人が引き揚げるので、当時、地下室全体が一種の無人地帯になっていたことも頭に入れておかなければならない。
②女子部の各部屋の住人について調査してみたが、やはり村瀬妙子がいちばん被害者と強い関係にある。他の部屋の者は全く被害者とは面識がない。しかし、被害者が殺された時刻の村瀬妙子のアリバイは厳然としている。彼女は勤めている洋裁学校の教師三人と銀座にいたからだ。それは午後九時ごろに集まって十一時二十分に別れているから、犯行時間に世田谷のアパートに帰ることは不可能である。

③村瀬妙子の供述はすこぶる曖昧で、奇妙なところが多い。だが、これは彼女が被害者と同性愛関係にあったと推定されるので、その実態が暴露されるのを極力匿そうとしているところからきているようだ。事実、その噂を村瀬妙子は非常に気にしている。そのため、その噂を撒き散らした張本人と思い込んでいる村上照子を彼女は恨んでいる——。

服部和子が地下室の階段で出遇ったターバンの女の行方はつかめない。彼女が犯人という可能性は強い。少なくとも重要な参考人である。目下はこれを追うことに絞っている。

④女子部の各部屋の住人がターバンの女である可能性について調査したが、多くはその時間帯のアリバイの裏付けが取れたし、一人で自室に居たということではっきりアリバイが取れないものも、すすんで自室内の捜査を許した結果、ターバンの女の着衣や被害者の持ち物などはいっさい発見されなかった。

こういう状況を再確認したうえで、その席に居た刑事の一人が、村瀬妙子の勤めている洋裁学校から聞き込んだ話を報告した。

「村瀬妙子は相当な貯蓄をしているようですね。学校の教師の間ではケチン坊で通っているんだそうです。なかには彼女が百万円以上も貯《た》めていると言う人もあります。ところが、最近の彼女は、どうもお金というものは思うように貯《たま》らないものだ、とこぼしていたそうです。彼女の給料は、洋裁学校の現校長の最初の卒業生という関係もあって、わりと多く貰っていたそうですが、調べたところでは、手取り四万円ぐらいで、そのほかアルバイトのようなこともやっているから、まあ、五、六万ぐらいの月収らしいです。噂通りだと、その中から百万円以上貯めたんですから、これは生活費を切り詰めて吝嗇《けち》にならざるをえません」

「すると、村瀬妙子はお金を貯めるのが唯一の趣味だったわけかね？」

と、肥った警部補が訊いた。

「あのアパートに居る女性は、大なり少なりお金が頼りだという観念があります。ご承知のように、住んでいる人がみんな中年に近い女性ですから、老後の不安があるわけです。また結婚の失敗で離婚した者や、恋愛に破れて結婚を諦めた者も多いわけです。だから、男心はアテにならない、頼りになるのはお金だということになるんでしょうな。子供がいないだけに無理もありません」

「しかし、仲のいい者が集まって酒を飲んだり、料理を作ったりして、結構、愉しんでいるそうじゃないか」

「それはですね、気持がたまらなくなると、発散させる必要があるのでしょう。だが、それも小さな額で、酒を飲むといっても一人が三百円か四百円の出し合いです。彼女らは希望のない生活を毎日送っているから、せめて部屋だけは豪華な調度で飾りたい気持と同じでしょうね」

「そうだな、みんな部屋は凄いな。ぼくらのような貧乏世帯とは較べものにならないですね」

七兵衛が先夜の印象を呼び起こして言った。

「ですが、いくら部屋を飾り立てても心の寂しさは癒《い》えないわけです。だから、索莫としたその気持を監獄に居る囚人になぞらえて、互いに、何号室の女囚とふざけて呼んでいますよ」

「なるほどね。すると、土曜、日曜日の晩は人口が二倍になるという男子部のほうに較べると、女子部のほうはずっと堅いわけだな」

「そうなんです。年齢的にも下り坂の女ばかりですからね。それだけに男子部の乱行には白い眼を向けているわけでしょう」

「ヒスになる気持はわかるな」

警部補には女子部の訊問に手こずった経験がある。

「ところで、村瀬妙子が思うように貯蓄ができないというのは、何か金の使い途《みち》でもできたのかな？」

警部補が言い出した。この言葉の裏には彼女が被害者浜谷ワカ子と同性愛になっていたことが関連している。

「どうもそうらしいですね」

と聞き込みを報告した刑事は言った。

「或る人には、貯金が減って心細い、とも言っていたそうです。それで、どうしてそんなにお金がいるの、と友だちが訊くと、それは眼に見えないことで出るものよ、と村瀬妙子は答えています。とにかく彼女は貯蓄ができないのを非常に悲観していたそうです」

「それは浜谷ワカ子に小遣いを渡していたからじゃないかな。浜谷はコールガールをしていただけに、金が目当てで村瀬妙子の言うことをきいていたと思われるからね」

「それも調べてみましたが、はっきり摑めません。村瀬妙子は極力浜谷ワカ子との関係を匿しているので、そういう方面は少しも洩らさないのですな。ですが、主任さんの言うように、浜谷に金をしぼられていたということは、おそらく、真実だと思います。ワカ子のような女は虚栄心が強くて、食べものにも、服装にも、金をか

ける と思われますからね」

「女の子は可愛いし、金は減らしたくないし、村瀬妙子も辛いところだな」

「ところで、ちょっと話は違いますが、村瀬妙子には一つの計画があるらしいのです」

「ほう、何だね？」

「これも洋裁学校から聞いたのですが、彼女は自分の手で新しく学校を起こしたいというのが念願だそうです。そのための貯蓄だったというんです」

「やっぱり洋裁学校かね？」

「彼女は洋裁学校の教師ですから、内容的にはあまり変わらないでしょうが、彼女の計画によれば、外見はちょっと違うのです。早く言えば、花嫁学校のようなものですね。洋裁も教えるし、料理、生け花、茶といったものも教える。そして、口癖のように言ってることは、近ごろは女性のモラルが失われているので、お行儀の教育もしたいということだそうです」

「道徳教育だね」

「まあ、そんなところでしょう。しかし底を割ってみると、近ごろは洋裁学校の乱立であんまり儲からなくなったので、洋裁専科にはせず、料理やお稽古ごとを加えて、結婚前の女性を惹《ひ》きつけようというわけですね。あれは当たれば儲かるそうですから。つまり、儲け主義から出ているんです」

「それはとても金がかかるだろう。百万や二百万ぐらいじゃ前途遼遠だな」

「しかし、村瀬妙子は真剣にそれを考えていたそうです。最初は小さい規模からはじめて、だんだんに大きくすると言っていたそうです。事実、現在の洋裁学校や料理学校の中には、そんなところから大を成したものが少なくないですからね。彼女にもその夢があるわけです」

「それでは、貯蓄のできないのを苦にしていた理由がわかるな……。ところで、村瀬妙子をいくらほじくっても、彼女にははっきりしたアリバイがあるのだから、どうにもならない。どうだ、ほかの線から少し何か出ないかね？」

　警部補は並居る刑事連中を小さい眼で眺めまわした。

　しかし、これという目ぼしい報告は出されなかった。その席に居た七兵衛刑事も決定的な資料が無いらしく、いつもに似合わずみなを動かすような発言はしなかった。警部補はのんきな男だったが、ようやくそのまるい顔に焦りの色を見せはじめた。

その晩、世田谷のアパートでは男子部、女子部の当番幹事連絡会が開かれていた。これは前からの慣習《しきたり》で、当番幹事が六カ月ごとに互選で選び出され、月に一回、顔合わせをすることになっている。

女子部に対して男子部の平均年齢は若い。これは独身ということから、男子部は結婚するとすぐにこのアパートを出て行くのに反し、女子部は月収二万円以上という制限で若い年齢の者は大体入居資格が無く、この資格が女子部の入居者を高年齢にさせているのだ。

いわば男子部は結婚までの腰掛けとしてこのアパートを借りているのに対し、女子部のほうは半永久的に居坐っているのである。

ところで、男子部のほうできれいな男が幹事になっている場合、妙に女子部の幹事はやる気を起こす傾向になる。女性は幾歳《いくつ》になっても好男子に心を惹かれるものらしい。これは男子部でのもっぱらの陰口だった。とにかく、連絡会の出席率もいいし、申合わせ事項も女子部は忠実に守る。

さて、今期の男子部幹事も平均年齢二十七歳という若さであり、また概して好男子が多かった。両方の幹事はおのおの五名ずつで、男子部の一階にある休憩室に集まって連絡会が開かれるのが恒例だった。

両方の幹事はあと半月で交替になるから、今夜が最後の連絡会ということになる。そして、女子部の幹事は服部和子、栗宮多加子、村瀬妙子、南恭子、細川みな子がなっていた。もとより、最年長者は六十二歳の栗宮多加子である。

男五人、女五人は、広いテーブルを真ん中に挟んで向かいあってすわった。

女子部の者は、さすがに女のやさしさをみせて、細川みな子が湯呑を配り、南恭子が沸かした薬罐《やかん》の茶をそれぞれ注いで回った。

「女子部も今度はとんだことになりましたな」

と、開口一番、男子部の岩瀬幸雄《いわせゆきお》が言った。彼は銀行マンだ。いつも発言が積極的だが、ハンサムでもある。

「はあ、どうも」

細川みな子は低く答えて、横の女たちをちらりと見た。中に当事者の村瀬妙子がいるが、彼女だけが昂然とした顔つきで、ほかの者は俯向いている。

「おどろきましたよ。女子の湯槽に殺人死体が横たわっているなんて、ちょいとしたスリラーですね。……あれを見つけたのは服部さんだそうですが、死体が足にさわった感触なんか、どうでした？」

と、これは公務員の横川義彦《よこかわよしひこ》である。短い髪がよく似合う。

「もう、そんな話は止めてください」

と、服部和子が顔をしかめ、手を振って遮《さえぎ》った。

「わたくしもその場におりましたけれど」

と、栗宮多加子が自分の存在を主張した。

「あのときの愕《おどろ》きというものは、本当にわたくしの長い一生で初めてでございます。こともあろうに女の死体がわたくしどもの足もとに沈んでいたんでございますからね。考えてもぞっといたしますよ。わたくしは服部さんの叫び声を聞いて、はじめは痴漢でも出たのかと愕きましたが、それが死体だと知って、今度は失神しそうになりました。本当に、あの風呂場はいくら改装しても気持が悪くて入る気がいたしませんよ」

殺人死体が出たというので、管理人は大急ぎで浴槽のタイルを貼り替えたり壁を塗り替えたりしている。うす気味悪くてそのままでは使用できないというみんなの抗議からだった。

「でも、服部さんは気丈《きじょうぶ》夫な方でしたよ。すぐにそのことを管理人に報らせにいらしたんですからね。わたくしはあとに取残されて一人になりましたから、今にも死体が起き上がって湯をかき分けながらわたくしのほうに歩いて来るような気がいたしましたよ。あのときのことを思うと、ぞっといたします。わたくしの亡くなった夫も外国で一度……」

例によって栗宮多加子の鄭重《ていちょう》な饒舌《じょうぜつ》がはじまりそうなので、男子部幹事の飯田《いいだ》省二《しょうじ》が早くもへきえきして遮《さえぎ》った。彼は有名な電気メーカーの技術者だ。文学青年で、会社から帰ると、本職に似合わず柔らかい文章を書いている。

「まあまあ、栗宮さん。お話はあとにして、早速、打合わせに入りましょう。……この前の取決めでゴミ箱の共同処理はうまく出来ています。ところで、今日は何かあなたのほうから提案がございますか？」

と、飯田省二は言った。

「そのことですわ」

と、南恭子は発言した。

「先ほどの不祥事件ですけれど、殺された方は外部の女性です。それにつけても、男子部に用事があって来る外部の女性が相変わらずわがもの顔にわれわれの浴室で入浴したり、洗濯などなさっています。あれは制限できないものでしょうか？　まあ、いろいろご事情があると思いますけれど……」

「痛いですな」

と、岩瀬幸雄が頭を掻いた。

「こればっかりは一言もありません。いや、とんだところで殺人事件が禍《わざわ》いしましたな」

ほかの男子幹事も苦笑していた。

「第一、今度のことで警察の手が入り、何もかも世間にわかってしまいましたわ。土、日曜日には男子部に外の女性たちが押しかけてくることもね。わたくしどもだって恥ずかしくてなりませんわ」

と、これは村瀬妙子だった。

ほかの幹事たちは、村瀬妙子がそんな発言をしたので呆《あき》れ顔になった。もともと、殺された浜谷ワカ子は彼女のところに忍び込んできた女ではないか。

が、村瀬妙子は他の者の視線などてんで感じないふうだった。

「男子部に較べると、女子部はおとなしいもんですわ。わたくしどももあんまり野《や》暮《ぼ》は言いたくありませんが、これを機会に自粛を要望したいのです」

「一言もありません」

と、横川義彦が軽く頭を下げた。

「いつもその問題でわれわれはいじめられていますが……」

「あら、別にいじめるつもりはございませんわ。当たり前のことを言ってるんですもの」

と、南恭子が口を出した。

「それに風紀が悪うございますね。女性の恥ずかしいものが頻々《ひんぴん》と無くなります」

栗宮多加子がトンチンカンなことを言った。

8

栗宮多加子が口を挿《はさ》んで女の下着の盗難を持ち出したので、会議は男子側の失笑となった。

「しかし、そりゃ、栗宮さん」

と、横川義彦が笑いをこらえて言った。

「それは、この連絡会には関係ないと思いますがね。あなたの言い方だと、この男子部に痴漢がいるとでもおっしゃるようですが……」

「いいえ」

と、栗宮多加子は動じないで言った。

「そうは申しませんわ。でも、みなさんのお行儀がよろしくないと、それに刺戟されるる人が出るかもわかりませんわ。男子部でもみなさんが全部恋人に恵まれていらっしゃるとは限りませんからね」

六十を越した栗宮多加子がそう言ったので、よけいにおかしみが感じられた。しかし、栗宮多加子は平気でつづけた。

「こう申しますと、わたくしが旧弊《きゅうへい》な女だとお考えになるかもしれませんけれど、わたくしどもの時代は男女の区別が厳しゅうございましてね、そりゃ躾《しつけ》がやかましゅうございました。今の若い方から考えると、とても想像ができないくらいでございます。と申しましても、わたくしは男女間の交際に頑《かたくな》な考えを持ってるわけではございません。……ご存じのように、わたくしの夫《つれあい》が外交官でしたので、わたくしはよく外国につれて行ってもらいました。ですから、あちらの男女の礼儀というものは、そりゃもうよく存じております。近ごろはそのへんをはき違えて、勝手な行動をするのが新しい自由主義のように思われていますが、とんでもございません。あちらでは、そんな乱れた交際や淫《みだ》らがましい行動は絶対に排撃されていますす。それと申しますのが、終戦後、何の準備も無しにいきなり向こうの風俗が入って来たので、まるでもう犬か猫のようなつき合いになってしまいました……」

栗宮多加子は嘆息《たんそく》した。

男子部のほうは怒ることもできず、失笑が苦笑に変わった。

「まあまあ、栗宮さん」

と、岩瀬幸雄がこのエレガントな饒舌《じようぜつ》を塞《ふさ》いだ。

「いつもながら、あなたのご高説は立派だと思いますが、今日の相談会にはあまり関係がありませんから……」

「いいえ、そうではございません」

と、栗宮多加子は不満げに言った。

「そりゃ殿方とご婦人とは違いますから、この婦人部のように謹厳《きんげん》にしてくださいとは申しませんが、今の有様はちとひど過ぎると思います。それというのが、新しい男女間の交際に道徳が無いからでございます。あちらでは、ちょっと見ると自堕落そうに思われますが、ちゃんとそれにはルールを守っております。日本人はすぐに上辺《うわべ》ばかりを猿真似して根本の道徳を見ません。わたくしは今こそ新しい道徳が必要だと存じます」

「栗宮さんの道徳論なら、きっと素晴らしいに違いないですが」

と、男子部はもてあまして言った。

「しかし、それはいずれ拝聴するとして……」

「いいえ、そんなにお逃げになってはいけませんわ」

と、今度は横の村瀬妙子が言った。

「あなた方はご年配の婦人のお話だと、とかく古臭いだの、時代遅れだのとお考えがちですが、一度、栗宮さんのお話をゆっくりお聞きになったほうがいいと思いますわ。栗宮さんは永い間外国の生活をしてらしって、あちらの洗練された男女交際に深くふれてこられたのですから、必ずご参考になると思います」

村瀬妙子は栗宮多加子の肩を持った。

しかし、或る意味で、村瀬妙子はこの忌《いま》わしい事件の渦中の人物なので、彼女の発言は、目下自分に向けられている好奇の眼を意識しての反撥とも見られた。

「まあまあ」

と、横川義彦は煙草の烟《けむり》を撒き散らして言った。

「いずれ男子部のみんなに回状をまわして、いつか栗宮さんのお話を聞くための会を持ちますよ。そのときは、栗宮さん、ぜひご出席を願いたいと思います」

冷やかし半分に、この場の饒舌、さらには男子部の不利を防ぐために、横川がお世辞を述べた。

「ええ、よろしゅうございます。いつでもお招きくだされば、喜んでお話しいたしますわ」

栗宮多加子は、そんな皮肉も一切感じないふうに、胸さえ張って答えた。

そのあとは、ようやく栗宮多加子もおしゃべりを引っ込めた。やっと当面の相談会がもたれたが、結局は何一つ成果は上がらなかった。一つは女子部の浴室の怪事件があまりに生々《なまなま》しくて、この雰囲気の中では地道な話し合いができなかったともいえる。

「では本日はこれで終わりましょう」

と、男子部のリードを取っている岩瀬幸雄は両手をテーブルの上について起ち上がった。

「なんだか、お互い落着かないで駄目ですな」

と、横川義彦が正直なことを言った。

「ほんとうにそうですわ。早くこんないやらしい事件は警察の方に解決していただいて、元の平和を取り返さなくてはいけませんわ」

細川みな子が眼鏡をずり上げて言った。

「わたくし、ちょっと釈明させていただきます」

と、散会間際に村瀬妙子が言った。

「この事件でわたくしはひどく迷惑を受けています。被害者の浜谷さんはわたくしの知った人ですけれど、わたくしはそのためにあらぬ噂を立てられ、妙な眼つきで見られています。いいえ、みなさん方も先ほどからちらちらとわたくしの顔をぬすみ見てらっしゃいますわ。……でも、わたくしは潔白です。もし、わたくしに少しでも怪しいところがあれば、とっくに警察に留められてるところですわ。それが無いというのは、警察の方もわたくしが事件に無関係であることをよく知っておられるからです。恰度いい機会ですから、男子部のみなさんにこのことを申し上げておきますわ」

彼女は男子部の委員たちに宣言した。


警察では服部和子が地下室の階段で出遇ったターバンの女の行方を必死になって捜していた。服装も赤とグリーンの目立つ派手なものだった。だから、彼女が地下室の階段を上って外に出たところで人に見られていたら、目撃者はかならず記憶していると思われる。ところが、それが全然無い。少し離れた場所で立話をしていたという近所の人も見ていないと言っているのだ。

また、男子部のほうでは窓をあけてマンドリンを弾いている者や雑談をしている者がいたから、その連中の眼にふれる可能性もあったが、全く見た者がなかったという。だからといってその女がアパートの玄関から道路に出なかったとは断言できない。なぜなら、このアパートの庭は外灯の配置が完全ではなく、そのため、ところどころ暗闇《くらやみ》のポケット地帯ができている。もし、その女が意識してその闇の溜りを拾って歩けば、上の窓からは目撃されないことになる。

警察でも、同じ時刻にアパートの窓から下をのぞいて実験してみた。明るい外灯の光が二、三箇所道路沿いに並んで輪を投げてはいるが、その眩《まぶ》しさがかえって他の部分の視野を遮る役にもなっている。

それに、庭には植込みのヒマラヤ杉が五、六本生えているので、上から見下ろすと、その茂りが案外下の通路や芝生の遮蔽物《しゃへいぶつ》となっているのである。

だが、それなら表の道路に出てからの目撃者が無ければならないが当時の通行人で該当者が出なかった。しかも、その路をさらに約二百メートルほど行くと、車が相当激しく通っている大通りに出るのである。

ここだと人はもっと歩いているし、車の通行も激しいから、そんな目立つ服装の女は誰かに見られているはずだ。だが、警察の努力にもかかわらず、そこでも目撃者は一向に名乗り出なかった。

その大通りには、流しのタクシーも通っている。かりに、その女が地下室の浴室から階段を上るときに服部和子と出遇っただけで、あとはまるで無人地帯を歩くように、玄関から通路を、通路から大通りに抜けてタクシーを拾ったとしよう。すると、以後の発見者がなければならない。

そこで業者の協力で調査してみたが、そのような女を乗せたというタクシーの届出は無かった。場所もわかっているし、服装は何度も言うように一目で印象に残る目立ったものであるから、運転手が気がつかぬわけはないのである。

その大通りから渋谷までは車で約十五分ばかりで着く。あるいは、そのあたりで該当の女を見た者はないかと、渋谷一帯を聞込みに回ったが、やはり無駄だった。

もっとも、赤いターバンをはずしてしまえば、あとは服装だけの特徴となるから、賑やかな繁華街では、同じような他の女性の服装として目撃者の印象がうすくなっていたともいえる。もっとも目撃者がいないのはターバンの女だけではなく、被害者の浜谷ワカ子も同様だった。グリーンのスーツに黒の中ヒールをはいたワカ子を見たという証人も現われない。

女を見たというのが服部和子ひとりであることから、その真実性について議論がかわされた。しかし、和子が犯人でない限り嘘を言う理由はないし、犯人であるとは考えられなかった。

主任の肥った警部補はほとほと手を焼いてしまった。全くこの捜査では聞込みに頼るほかはないのだ。その効果がさっぱり上がらないとなると、新しい局面の展開も望めなかった。

そこで、捜査本部では村瀬妙子をたびたび調べ直すことになった。彼女のアリバイはしっかりしているので、容疑者というより、有力な犯人を求める手がかりとして彼女の供述のより正確さを望んだのだった。つまり捜査が行詰まれば行詰まるほど本部では彼女の証言から何かを引き出したかったのだった。

「なんどお訊きになっても同じことですわ」

と、しまいには警察の執拗さに腹を立てて村瀬妙子は言った。

「わたくしの知ってることは最初にお話ししたことだけです。そのほかは何を訊かれてもわかりませんわ」

しかし、刑事たちは村瀬妙子が新しい花嫁学校の設立を考えていることを探っている。そこで、それとなしにその件を持ち出してみると、

「ええ、ええ、そりゃ前から計画していることですわ。だってわたくしもいつまで

も一教師でもありませんからね」

資金の点を遠回しに訊くと、

「そりゃ大丈夫です。いざ、わたくしが具体的な計画を打ち明けて相談すれば、わたくしのファンで金を出してやろうとおっしゃる方はございます。ただ、その方たちの名前をこの際発表するとご迷惑をかけるから、言いたくないだけですわ。……そうです、洋裁だけではなく、割烹《かっぽう》、茶、生け花といった綜合的な趣味をお教えしたいと思います。そのほか教養科目にうんと力を入れますわ。そのほうの協力者もございます。たとえば、美術は大村教授、文学は榎下先生、社会一般は村岡教授、それに外国のエチケットは、外交官夫人だった栗宮多加子さんに委嘱《いしょく》したいと思っています」

他の教授や先生方はいずれも高名だったが、栗宮多加子だけは無名である。しかし、或る意味では適任に違いないしいちばん確実性があった。

それから三日目、正確には浴室の殺人事件があってから十日目の晩だった。

午前一時二十分ごろ、女子部のアパートのコンクリートの上で鈍《にぶ》い音がした。

村瀬妙子の居る二〇九号室の窓の真下だったが、そこは裏側の庭に面している。

しかし、音はそれほど大きくなかったので、睡っている者はもちろん、起きている者でもそれほど気に留めてなかった。だから、実際に男の死体がそこで発見されたのは夜が明けた六時半ごろである。たまたま三階三〇九号の窓から下をのぞいた星野正子が、大の字になって寝ている人間を真下に見つけたのだった。

もっとも、それが死体だとは彼女も気がつかなかった。寝ている人間の上にはさまざまな白いものがふわりと掛けられてあったし、ぐるりにもそんなものが散乱している。

三〇九号室の星野正子は、最初、容易に事態が摑めなかった。散乱している白いものが女の下着であることはわかったが、なぜ、そんなものをひろげて男が寝そべっているか合点がいかなかったのである。

彼女は隣室の栗宮多加子を起こし、ともども上からのぞいてみた。それから、寝そべっている人物が少しも動かないのを知って、初めて死んでいるとわかった。

大騒ぎになった。

死体の近くに寄ってみると、仰向けになった男の後頭部の下に血が溜っていた。もし、それが無かったら、その男は女性のあらゆる下着を全部自分の周辺に撒いて満足げに眼を宙にむけて開いているとしか思えなかった。まず、顔から胸にかけてはシュミーズがふわりとかかっていた。手や足の近くにも数々のパンティやブラジャーなどが吹雪のように溜っていた。

その男の顔は女子部で知らぬ者はなかった。男子部の独身銀行員岩瀬幸雄であった。ちょっとした男前で、彼が寮の世話役として男子部から選ばれると女子部の委員が張り切ると言われた。その当人なのである。

岩瀬はスポーツシャツの上に上衣を着て、細身のズボンを穿《は》いていた。彼はまるでむしった花に囲まれたように、女の下着を贅沢にわが身体中に飾っていた。

この下着が誰のものかはすぐにわかった。岩瀬の墜落した現場を見上げると、そこが村瀬妙子の部屋のベランダになっていて、物干のロープが片方外れてだらりと下がり、その端にストッキングの片割れが引っかかっていた。

人々はすぐさま村瀬妙子の部屋に駆け上がり、外からドアを叩いた。

村瀬妙子は睡げな顔をドアの隙間からのぞかせた。

「朝早くから何ですの？」

彼女の不機嫌な顔は、事情を報らされてからたちまち恐怖に変わった。雀斑《そばかす》の浮いた中年女の寝起きの顔は見られたものではない。それが恐ろしそうに歪《ゆが》んだのだから正視に耐えないくらいだった。

「怕《こわ》いわ」

と、その顔に似合わず彼女は少女のような声を出した。

「窓から下をご覧なさいよ。あなたの下着がみんな死体の周りに落ちてるわ」

報らせた者が教えた。

「まあ、いやらしい。じゃ、きっと下着泥棒が足を踏みすべらして落っこちたのね」

村瀬妙子の咄嗟《とっさ》の推理は、あとになってそのまま警察の推定となった。

警察から来るまで、死体を中心にアパート中の人間が半円になって囲んだ。むろん、男子部からも大勢が駆けつけていた。恰度、出勤の前である。

しかし、見物人には死体が悲惨だという気がしなかった。むしろ、女性の下着をいっぱい身体中に撒き散らしていることでほほえみさえ誘われた。幸運な奴だ、というのが男子部の見物人の感想であった。

所轄署から刑事が来たが、ほどなく警視庁からも肥えた警部補と七兵衛刑事以下数人の連中が到着した。これは問題のアパートにふたたび事故が起こったというので、すぐさま駆けつけたのである。

警部補は、死体の位置と村瀬妙子のベランダとを見上げて目測をした。高さはそれほどでもないが、おエッチな泥棒の不運は、下がコンクリートになっていて後頭部を直接に強打したことにある。

「ほんとに意外でしたわ」

と、発見者の女性は問われるままに警部補に言った。

「まさか岩瀬さんが痴漢だったとは夢にも思いませんでした」

一流の銀行員だし、いつも身だしなみはいいほうだった。会合の席でも進んで積極的に意見を言い、絶えず男子部の代表格だった。それに女子部の委員が張り切るほどハンサムだし、教養もあった。こともあろうに、その男が下着泥棒だったとは！

これまで女子部の下着被害者は、ほとんど一致して痴漢のイリュージョンを描いていた。それは近くに住んでいるであろう変質者で、下卑《げび》た面相と野卑な身体つきをもっていた。きっと醜い出っ歯に違いない。

それなのに、事実はこれだった。

人は見かけによらないものだと、女たちは一斉に溜息をついた。中年ぞろいの彼女たちは、〝かわいい男〟の理想像を壊された。

七兵衛刑事が村瀬妙子に事情を訊いた。

「全然覚えがありませんわ」

と、彼女は答えた。

「下着は昨日夕方洗濯して干したものです。ベランダへ出るガラス戸はいつも十時ごろには錠を掛けていますわ。ですから、それ以後に下から人が這い上がって来ても、その物音なんか全然聞こえませんし、睡っていればなおさらです。今朝、みなさんに起こされるまで、何も知らずにいました」

七兵衛刑事はベランダに出て見た。たしかにすぐ下の雨樋《あまどい》に人が這い上がった形跡がある。

刑事は広い額の下に嵌《はま》った金壺眼《かなつぼまなこ》を光らせて仔細にその辺を見ていたが、ふと、そのベランダの手摺に微かな擦れ跡があるのを見つけた。

9

その手摺は金属でできていた。風雨に晒《さら》されて塗料も大ぶん濁《にご》った色になっているが、七兵衛刑事が見つけたのはその一部に微かに一条の艶がついていることだった。つまりその部分だけが何かでこすれた跡である。鈍く光っているから、最近のことだろう。

岩瀬幸雄が下から這い上がって、この手摺につかまり、上のロープに干された下着を掴んだとすれば、どこかにそのあとがなければならないが、それはわずかに手の跡がある。しかし、それはこすれたあとほど光っては見えない。

「これは何ですか?」

七兵衛刑事は村瀬妙子に訊いた。

「あら、何かしら?」

妙子も首をかしげている。

「何かロープでこすったような跡ですね」

「そうですわね」妙子もしばらくみつめていたが、「そういえばロープかもしれませんわ。ほれ、この上に洗濯物を干すロープがあるでしょう。よく掛け替えますから、その端がふれたのかもわかりませんわ」

ロープがふれた程度ではこんな擦り跡はつかない。だが、七兵衛刑事は相手がうるさいので黙っていた。

「とにかく、これでみなさんを悩ましていた下着泥棒の正体はわかったわけですね」

七衛兵刑事はベランダから引き揚げた。

「ええ。でも、意外でしたわ。まさか岩瀬さんがそんなことをするとは夢にも思いませんでした。亡くなった方を悪く言いたかありませんが、あの方、そんな変質なところがあったのかしら？」

妙子は、あまりに意外な人物なので、半ば信じられない表情だった。

「岩瀬君の調べをしたんですが、彼は女には相当もてるほうですね。勤先でも女の子に騒がれるほうだそうです」

「ハンサムですから、そうかもしれません。土、日曜日の晩にも外から女性が訪問しているんじゃないんですか？」

「いや、彼にはあんまりそんなことはないですな。こちらから出かけるほうです。よく、一晩明けることがあったらしいですな」

「そう。それなのに、どうしてこんなものを泥棒するんでしょう？　一体、下着なんか盗む人は、あんまり女に縁が無くて、あっちのほうに不自由している人でしょ？」

「いや、個人的な性格ですね。それとこれとは別ですよ」

「そんなものかしら？」村瀬妙子はわからないという顔つきで呟いた。「ほんとに男性の心理は理解できませんわね」

どんなにふしぎがろうと、下から雨樋伝いに人が上った形跡があり、村瀬妙子のベランダの手摺を摑んだ跡も付いている。むろん、指紋も取れないうすぼんやりしたものだが、村瀬妙子の下着と一緒に岩瀬がその窓の直下に墜落死を遂げているのだから、彼のしわざとしか疑いようはなかった。

七兵衛刑事は帰って行った。

岩瀬幸雄の死体は解剖に回った。地方にいる遺族が上京して遺体を引き取り、茶毘《だび》に付して遺骨を郷里に持って帰るという電報が入った。

ところで、その日の午後、これは男子部のほうからだが、こういう申入れがあった。〈岩瀬君はまことに不幸でした。彼のやったことはあまり芳《かんば》しいとは言えませんが、すでに仏になったのだから、われわれ同宿の者はかたちばかりでも彼の霊を慰めてやりたいと思います。それで、もし、女子部のほうでこの集まりに同席してくださる方があれば、今夕六時から岩瀬君の部屋にお集まりください〉

男子部としては岩瀬の死を賭《と》した勇敢な心理が理解できたのであろう。してみると、男にはみんなそんな深層意識があるのだろうか。

この回状を見ていちばん迷ったのは村瀬妙子だった。彼女は、早速、栗宮多加子のところに相談に駆けつけている。恰度、その部屋に居合わせた村上照子が、話を一緒に聞いた。

「わたくしが何といってもいちばん気持が悪いんです。そりゃ下着をあの方に盗《と》られたのは腹が立つやら、気味が悪いやらで複雑な気持ですが、こうして男子部のほうから回状がまわって来ると、なんだか、あの方の死が半分わたくしの責任みたいに感じますわ」

「まあまあ、村瀬さん」

と、栗宮多加子は例の調子で言った。

「お気持はよくわかりますわ。ほんとに村瀬さんはおやさしい方ですわね。普通でしたら腹を立てて見向きもしないところですが、かえって岩瀬さんにご同情なさるんですから、敬服いたしますわ」

「まあ、栗宮さん、変なところで煽《おだ》てないでくださいよ」村瀬妙子は言った。「何といってもわたくしの窓のすぐ下で亡くなられたんですからね、お焼香《しょうこう》でもしないと気持が悪くて寝られませんわ」

「そりゃそうですとも」

と、栗宮多加子はうなずいた。

「そいじゃ、村瀬さんお一人でもなんでしょうから、わたくしもお詣《まい》りしますわ。ねえ、村上さん」

と、眼鏡をかけた家裁の職員に同意を求めた。

「あなたもおよろしかったら、ご一緒にお詣りなさいません？」

「そうですね」

村上照子はもじもじしている。彼女は家裁に勤めているだけに合理的だった。彼女の考えは、なにも下着泥棒が死んだからといって被害者側の女子部が慰霊に行くことはないというにあった。いうなれば岩瀬の自業自得である。しかし、村上照子自身は、日ごろからアパートの同性が自分のことを、つき合いが悪いとか、とりすましているとか陰口を利いているのを知っていた。それに優雅な栗宮多加子にそう誘われると断わる勇気もなかった。ここで拒絶すれば、またあとで何と言われるかわからない。

「ええ、ご一緒に参りますわ」

と、村上照子もうなずいた。

女たちは栗宮多加子を先頭に、村瀬妙子、村上照子、服部和子が岩瀬幸雄の部屋に行った。

女たちが男子部の部屋に行くのはこれが最初だった。彼女たちは表面神妙な顔をしていたが、男子部アパートの廊下を通るときには少なからず好奇心が湧いていた。ドアの開いている部屋があれば、さりげなく入口の奥に横目を流して通った。

岩瀬の部屋は二階の二〇五号室だった。行ってみると、男子部の同宿人が大勢狭いところにすしづめになっていた。それでも、年齢《とし》の順で栗宮多加子が入って行くと、

「さあ、どうぞどうぞ」

と、横川義彦がいそいそと迎えた。

「この度は、まあ、とんだことで」

と栗宮多加子は狭いところに几帳面《きちょうめん》にすわり、悔みを述べ始めた。後ろの女たちは閊《つか》えて狭い土間に目白押しに立った。

「どうぞ、ご霊前に」

と、横川は栗宮多加子の糞丁寧な挨拶に閉口《へいこう》し、かつうしろに溜っている女たちを中に導き入れるため、正面に飾ってある写真の前に招じ入れた。

岩瀬幸雄は自分の机の上にのった額ぶちの中ににこやかな顔でおさまっていた。

大急ぎで買って来たらしい黒リボンが斜交《はすか》いに結ばれてあった。

「まあまあ、こんなおやさしい顔で」

と、栗宮多加子は丁寧に線香を立てて、しげしげと写真に見入った。「短い花のいのちを閉じられるとは、全くお気の毒でございます」

写真の横に並んでいる横川や飯田などの友だちが擽《くすぐ》ったい顔をした。そして、これは岩瀬幸雄の勤めている銀行の上役であろう、年配の身だしなみのいい男が脇から膝を進めて、霊前に詣ってくれた女たちに礼を述べた。

栗宮の次は村瀬妙子だった。彼女は一座の視線の中心になった。何といっても今度の不幸は、この女がベランダの上に派手な下着を干したところから起こったのである。これさえ無かったら、岩瀬幸雄も死の冒険は試みはしなかったろう。

それに、誰もが岩瀬の死体の上には村瀬妙子の下着が、まるで棺《ひつぎ》を蔽《おお》う花のように咲いていたのを知っていた。男子部の連中は、それらの下着がそれぞれ所定の位置におさまる肉体を、いま眼の前に見ているのである。しかし、村瀬妙子は、あのレースの縁取りのある華やかな下着からくる印象とは違って、それほど肉感的な身体つきでもなかった。顔はいささかくたびれて、眼の縁には小皺が寄っていた。

彼女は、そういう男たちの眼を意識してか、少しつんとして香を焚き、簡単に手を合わせて引きさがった。つづいて村上照子、服部和子と年齢の順に焼香が終わった。女たちは男たちが少しあけた場所にかたまり眼を伏せていた。

「みなさんも、これでどんなにお寂しくなったかわかりませんわね」

と栗宮多加子が女性を代表して挨拶を述べた。

「横川さんも、飯田さんも……」

と、それぞれの名前を言うたびに眼を本人たちの顔に移していたが、その瞳が男たちのずっとうしろにいる額の禿げ上がった年配の男に止まると、「あら」と短く叫んだ。

「そこにいらっしゃるのは刑事さんじゃありませんか？」

栗宮多加子が大きな声で言ったので、さすがにみんながどきりとした。七兵衛刑事が照れ臭そうに顔を赧《あか》らめてお辞儀をした。

七兵衛刑事が来ていることは男子部の連中はみんな知っている。しかし、表向きには刑事は捜査係として被害者の焼香に詣りに来た体裁《ていさい》を取っている。だから、男子部の連中も刑事には別な下心があると察しても素知《そし》らぬ顔をしていたのだ。

栗宮多加子の叫びは、女たちに衝撃だった。殊に村瀬妙子は顔色を変えていた。

「刑事さんも大変でございますわね」

と、栗宮多加子は無邪気に言い出した。

「わたくしは、警察の方は捜査一点張りで人情も何も無いかと思いましたわ。それなのに、こうしていちいち死者に礼儀を尽くされるんですもの、ほんとうに日本の警察も紳士的になりましたわね。わたくしがあちらに参っていたときも、これはパリの話ですけれど……」

またぞろ外国での自慢話が始まりそうだったが、これは場所柄を考えてか、いち早く村瀬妙子が栗宮の脇腹をつついていた。

「これは、まあ、つい、おしゃべりをいたしました」

一座は調子の外れた栗宮の失言で、いくらか毒気を抜かれたかたちだった。

「それでは、わたくしたちはそろそろ失礼いたしましょうか」

と、村瀬妙子が栗宮に小さな声で言った。

「そうでございますわね。では、みなさん、ほんとに勝手でございますが、お先に失礼させていただきます」

栗宮多加子はやはり年長者を自覚し、女性たちを代表して礼儀正しい挨拶を述べた。

女性たちは引き揚げて行ったが、廊下を通るとき、また好奇的な眼を左右の部屋に投げていた。その中で村瀬妙子だけはまだ蒼ざめた顔を回復していなかった。

翌朝、七兵衛刑事は本庁に出勤すると、すぐに肥った主任の前に腰を下ろした。

「昨夜、被害者の焼香に行ってまいりました。例のアパートです」

「ご苦労だった。電話で君の連絡は聞いたが、女子部の連中も来たかね？」

肥った警部補は、自分が訊問した女たちの顔を眼に泛《うか》べているような顔つきで訊いた。

「はあ。例の村瀬妙子をはじめ、栗宮多加子……」

「ああ、あのおしゃべりの外交官未亡人だね」

「そうなんです。それに、家裁の眼鏡女史村上照子、ＢＧの服部和子の四人です」

「何か変化はなかったかね」

「やっぱり、動揺しているのは村瀬妙子です。連中はまさかぼくがそこに来ているとは知らなかったのです。栗宮の婆さんがぼくを見つけて大きな声を出したので、みんなびっくりしていました。岩瀬は一応下着泥棒で墜落死したのだから事故死です。それなのに、眼つきの悪い刑事が来て張り込んでいるので気持がよくなかったのでしょう」

「そうだろうな……ところで、君が村瀬妙子のベランダの手摺で見つけたロープの擦れ跡は、何かいい考えでも泛《うか》んだかい？」

「どうもあれがわかりません。村瀬妙子が洗濯物のロープでこすったというのは嘘だと思いますが、それなら、なぜロープを手摺に擦りつけたか解釈ができません」

「何か下に物を降ろすときに、ロープの先に括《くく》りつけて生じた瑕《きず》じゃないかな」

「だが、物を降ろす必要はないはずです。表の廊下からいくらでも持ち出せるんですからね。他人《ひと》に隠れてそんなことをする必要もなさそうだし……」

ここまで言いかけて、七兵衛刑事は何かを思いついたような、はっとした表情になった。だが、警部補の前では軽率に口に出さなかった。

だが、警部補は早くも七兵衛刑事の顔色の動きを読み取った。

「君、何を考えているんだね？」

「は？」

「いや、隠さんでもいい。いま手摺の擦れ跡のことを話しているうち、何か思いついたんだろう？」

七兵衛刑事は頭を搔いた。

「実はほんの思いつき程度ですが……」

「うむ、うむ」

「その手摺の擦れ跡がロープだということが問題です。つまり、村瀬妙子が言うように、物干用のロープがふれただけでは、むろん、そんな跡はつかない。だから主任さんの言われたようにロープの先に何か括りつけて下に降ろしたというのが当っているんじゃないでしょうか」

「すると、その物体は？」

「主任さん、ほら、服部和子がボイラー室のわきですれ違った、赤いターバンを巻いた女性の行方がどうしてもわからないでしょう。ぼくは、ああいう派手な女性だから、必ずアパートの近所で目撃者がなければならないと思っています。それなのに、その地点から彼女らしい客を乗せたというタクシーの届出もないし、まるきり空気の中に消えたみたいです。そのことから、これは彼女が外に出たのではなく、アパートの内部に消えたのではないかと思うんですがね」

「うむ、なるほど」

「いま思いついただけで、裏付けも何も無いのですが、もしかすると、その女は村瀬妙子の部屋に合鍵を使って入って行ったのじゃないでしょうか」

「何だって？」警部補は眼をまるくした。「すると、君は、村瀬妙子がその女を使って浜谷ワカ子を殺させ、犯人を留守中の自分の部屋に入れたというのかね？」

「いや、だからそこまではまだ考えてないのです。ただ、手摺に付いたロープの擦れ跡からだけで思いついたんですがね。たとえば、ロープの先にその女の派手な服装を括りつけて、ベランダの下に降ろすといった工作です。ご承知のように、赤いターバン、赤の大きな横縞のセーター、グリーンのスカートといった印象の強いものです。ですから、階段で出遇った服部和子がよく憶えているわけです」

「うむ、そうすると……」と、警部補は額に手をやった。「村瀬妙子がそういう女性を使って浜谷ワカ子を殺させる。自分はその時間、アリバイをつくっている。犯人は打合わせにより、留守中の妙子の部屋に、合鍵をつかって逃げ込む。だから彼女を見た者は外部にいないという道理だな？」

「そうです」

「その女は問題の服装を脱いで地味なものと取り替える。そして、脱いだ例のセーターやスカート、それに洗面器に入れてきた被害者の持ちものや絞殺に使ったタオルなんかをロープに括《くく》りつけてベランダから下に降ろす。あとで、本人がそれを取るという寸法だな？」

「まあ、そうです」

当人が言うごとく、その論理には整理ができていなかったので、しだいに七兵衛刑事は自信のない表情になった。

「それなら、どういう理由《わけ》で、そんなものをロープに括りつけてベランダから下に降ろす必要があったのだろう？　その犯人が服装を着更《きが》えれば、例のものは風呂敷か何かに包んで、堂々と村瀬妙子の部屋から出て行けばいいではないか」

「ええ、まあ、そうですが……」

「それに、そんな目立つ女性が村瀬妙子の部屋まで入るのに、アパートの誰にも見つからなかったというのもおかしいね。時間はたしかに遅かったけれど、廊下を歩いている人間もいたことは確かだ。その連中に、あの派手な服装が眼につかぬはずはない」

「……」

「この二つが解決されない限り、君の思いつきはちょっと迫力がないな。……しかし、とにかく、ベランダの手摺の擦れ跡を、そんなふうに考えただけでも面白いよ。そこから別の発展はないかね？」

七兵衛刑事の推測に、肥った警部補はいろいろとダメを出したが、とにかく、ベランダの手摺についたロープの擦れ跡から、それだけの想像を引き出した着眼点のよさだけは賞《ほ》めた。

10

七兵衛刑事によれば、村瀬妙子がある女を使って浜谷ワカ子を浴室で殺させたというのである。犯人の女は例の派手な服装をして地下室から階段を上り、その途中服部和子と出遇い、あとはまっしぐらに村瀬妙子の部屋に入った。

村瀬妙子はあらかじめ自分がその犯行に直接関係がないと見せかけるため、その時間には銀座で友人と過ごしてアリバイをつくった。したがって、彼女の二〇九号室には錠が掛かっている。犯人の女は、村瀬妙子から事前に受け取った鍵でドアをあけて中に入り潜伏していたのだろう。――これが七兵衛刑事の前半の推測である。

この推理の弱点は、肥った警部補の指摘した通りである。もっとも、七兵衛刑事はこれはまだ思いつきの段階だと断わっている。だが、この推定には根本的な疑問が横たわっている。警部補はそれに気がついて七兵衛刑事に追討ちをかけた。

「君の推定だが、それだと、なぜ、村瀬妙子は浜谷ワカ子を殺さなければならないのかね？　彼女にとっては浜谷ワカ子はかわいい女のはずだが」

「さあ、そこなんですが」と、七兵衛刑事は広い額を爪の伸びた指で掻き、「そこまではまだ考えていないんです。とにかく、ロープの擦れ跡から、考えがひょいひょいと泡粒《あわつぶ》みたいに泛《うか》んだまでですから……もっとこの考えを煮詰めて整理しなければなりません。……しかし、わたしは村瀬妙子が浜谷ワカ子を殺したとしても、そう不自然ではないと思います」

「ほほう、なぜだね？」

「これもぼくなりの想像ですが、村瀬妙子は相当にプライドの高い女です」

「たしかにそうだね」

と、警部補は同感した。

「彼女は、自分のところに忍んでくる浜谷ワカ子が前の二〇二号室にいる村上照子に見つけられて以来、同性愛の噂がぱっとひろがった。これは自負心の強い村瀬妙子には我慢のならないことです。それに、またまたぼくなりの想像ですが、村瀬妙子は新しい花嫁学校を建設しようとしているくらいですから、相当な金を持っていたと思います。これは他の人間の参考訊問によっても証言があります。浜谷ワカ子は前にコールガールをしていたくらいですから、金については相当がつがつしている。もともと、浜谷は村瀬妙子が好きでも何でもない。小遣いが取れるから彼女の言いなりになっていたと思うんです。そこで、村瀬は浜谷から相当しぼられていた……」

「ちょっと待て。それなら、村瀬妙子は浜谷ワカ子をアパートの自室に忍んで来さすことはなかったのにね。どこか都内の目立たない旅館にでも媾曳《あいびき》の場所をつくれば、アパートの噂にならないで済むわけだが」

「その通りです。けど、これも村瀬妙子の気持を忖度《そんたく》しますと、見も知らない旅館に女二人が入るというのは、いくら連込み旅館でも奇異に見られます。それに、他日花嫁学校の校長にでもなろうという彼女としては、そんな不品行なことで自分の顔を旅館の女中たちに憶えられたくなかったのでしょう。その花嫁学校がうまく当たれば、校長の村瀬妙子だっていつか名士になれないとは限りませんからね。そうなると新聞や雑誌に彼女の顔が出る。そのときに困るわけです」

「まさに君の言う通りだ。多分、村瀬妙子にはそういう配慮があったのだろうな。それに、ぼくに言わせると、あんな女だから金にはいたって吝嗇《けち》だっただろうな。つまらない旅館代を使うよりも自分の部屋に呼べば、これは一文も費用がかからなくて済む」

警部補は七兵衛刑事のこの部分だけには同調した。

「……そうなんです。村瀬妙子は吝嗇でした。そこで、殺意のことに戻りますが、これも彼女の吝嗇に関係があると思います。ほれ、誰かの証言がありましたね。村瀬さんは近ごろ預金が減って仕方がないと心細がっていたということを。これだって村瀬妙子が浜谷ワカ子にしぼられて困っていたと見られないことはありませんよ。なにしろ、彼女には預金が減るのが死ぬより辛かったでしょうからね」

「なるほど、そいつは面白いね」

警部補は二重の顎を動かして興に乗った。

「まあ、品行の悪い噂が立った上に、せっかく学校建設資金にする預金はしぼられるわで、村瀬妙子もとうとう浜谷を殺す決心になったのだと思います。それに、村瀬妙子はその学校の構想にはモラルを強調し、女性の徳目《とくもく》講座をつくるくらい意気込んでいましたからね。ほれ、講師には例の外交官未亡人の栗宮多加子を招聘《しょうへい》するつもりだと言ってたでしょう。そんな具合で、いつまでも浜谷ワカ子に付きまとわれては、これまた彼女の新事業に支障を来たすわけです。こう考えますと、村瀬妙子が浜谷ワカ子を殺す理由は二重にも三重にもあるわけです」

「よろしい。……ところで、今度は村瀬妙子が浜谷殺しを頼んだ実行犯人のことだが、これについては君に何か想像はないかね？　いや、はっきり名前はわからなくても、大体、このような人物だという……」

「そうですね」

七兵衛刑事は腕を組んだ。

「これはむずかしいですな」七兵衛刑事は窪《くぼ》んだ眼を開いた。「村瀬妙子はあまり他人《ひと》と交際していません。浜谷ワカ子以外には、大体、おとなしい同性とだけつき合っているようです。いま表面に現われている彼女の交遊関係からは、犯人と推定できる者はいません。ですから、これは浜谷ワカ子の線から犯人を求める以外にはないでしょう」

「というと？」

「何度も言うように、浜谷ワカ子はコールガールをした経験もあり、現在もあのバーに勤めて怪しげな男たちとつき合っているようですから、このことも村瀬妙子が浜谷を嫌う一因にもなったと思いますがね。たとえば、浜谷にヒモがいるとします。そのヒモが浜谷を使って村瀬から金を引き出させる。こういうこともわかれば、村瀬だっていいかげんイヤ気がさすわけです。しかし、一度そういう連中にとっつかまったら、容易に縁は切れませんからね、やっぱり殺すほかはないという気持になるでしょう」

「すると、犯人は浜谷ワカ子のヒモか？」

「とんでもありません。ヒモは、大事な浜谷を失ってしまえば、いくら村瀬から報酬を貰ったって元も子も無くなります。まだまだ浜谷は使いものになりますからね。それに、どんな気の荒《すさ》んだ男でも殺人請負となれば、こりゃよっぽど莫大な報酬か、特別な利害関係でもなければやりませんよ。ですから、ヒモの線には犯人が無いとみていいでしょう」

「すると？」

「ほれ、村瀬妙子は〝螢〟に浜谷ワカ子を二、三度訪ねて行っていますね。ぼくは〝螢〟のマダムも、村瀬妙子も、その回数を少なく言っていますが、実際はもっと多いんじゃないかと思います。その、ぼくの言わんとするところはですな、村瀬妙子がそういう場所に出入りしているうち浜谷ワカ子殺しを頼める女を物色し、それをうまく手に入れたのではないかということです」

「そうすると、どんな方法でそれができるかね？」

「まさか、バー〝螢〟ではそんなことは相談できませんから、村瀬妙子はこれぞと思う女をそこで見つけておいて、あとで電話を自分に掛けるようこっそりと言い含めるのです。すると、相手はその電話で村瀬妙子に或る場所に呼びつけられます。村瀬はその女に相当な金を与える。もちろん、これは日ごろから浜谷ワカ子と仲の悪い女でなければ可能性は無いわけです。ぼくは、村瀬妙子が〝螢〟に出入りしていたというのは、表面は浜谷ワカ子に会いに行くふりをして、実はそういう連中の物色だったのではないかと思います」

「そうかなア」

警部補は煙草をくわえたが、肥った首がかしいでいる通り、七兵衛刑事の推論には俄かに賛成しがたい表情だった。そういう考え方もあるかもしれないが、あんまり現実感がないな、という意味が顔色に出ていた。

そこで推論は、

「とにかく、村瀬妙子が浜谷に殺意を持っていたという点は或る程度確実と言えるな」

という警部補の言葉に一応の線ができた。

「それは濃厚だと思います」

七兵衛刑事はかなりな確信がありそうだった。

「ところで、また問題が前に逆戻りするようだが、仮りにだ、そういう種類の女が村瀬妙子から委託殺人を引き受けたとして、例のベランダの手摺のロープの擦れ跡は、どういうふうに持って行くかね？」

「それがまだよくわからないんです。先ほど主任さんの指摘があったように、あの恰好では二階に上がって誰かに見られる危険はありますね。それに、村瀬妙子の二〇九号室のドアに鍵を差し込んでごとごとやっていればなおさらです。どうも弱りました」

「その点が困るな。しかし、あの擦れ跡は、君の着眼のいいところだよ。ぼくもあれは何かこの事件に関係がありそうに思えるな」

二人はしばらく沈黙した。

「あっ」

と、七兵衛刑事が口の中で言うのと、肥った警部補がまるい膝を叩くのと同時だった。

「どうした？」

と、警部補が七兵衛刑事に言った。

「主任さんこそ何を思いつかれたのですか？」

と、七兵衛刑事も対手の顔を見つめた。

「君から言ってみたまえ」

「主任さんこそ」

二人は互いに譲り合ったが、

「おそらく、両人《ふたり》とも同じことを考えついたんだろうな」と、警部補のほうが先に言った。「ぼくはね、あのロープの擦れ跡は、例の下着泥棒で転落死した岩瀬幸雄に関係があるんじゃないかと思うよ」

「まさにその通り、ぼくもそれを考えついたところでした」

七兵衛刑事がわが意を得たという顔をしたので、警部補は言い出した。

「しかし、ぼくが考えたのはそれまでだ。というのは、あの岩瀬は危ないところを攀《よ》じ登って、やっと村瀬妙子のベランダまでたどり着いたからね。だから、下からベランダの手摺にロープをひっかけて身の安全を保ったのかもしれない。ほれ、山登りのクライミングの要領さ。そうしておいて下着を盗もうとしたが、ロープが外れて、あの通り転落死をした。その物音に愕《おどろ》いて村瀬妙子がベランダに行ってみると、ロープが手摺にひっかかってブラブラしている。咄嗟に彼女はこの事故が自分に関係があるように取沙汰されるのを惧《おそ》れ、ロープを急いで取り外して隠した。

と、こう説明できないかね。つまり、口うるさい女だけのアパートだから、彼女にそんな気持も起こったのだと思うよ」

「そうですかね？」と、今度は七兵衛刑事が疑問を示した。「ぼくはそのご意見に反対ですが」

「ほほう」

「ぼくの考えでは、村瀬妙子が下から攀じ登ってくる岩瀬にロープを降ろして引き上げようとしたんじゃないかという気がするんです」

「おや、これは大変だ」と、肥った警部補は眼をむいた。「すると、何かね、村瀬妙子は自分の下着が岩瀬に盗まれるのを幇助《ほうじょ》していたわけかね？」

「そこのところはよくわかりませんが、とにかく、一応、そう考えたらどうかと思うんです。もっとも下着泥棒にロープを降ろしてやる女もおかしいんですが、あるいは、村瀬妙子は攀じ登ってくる岩瀬をベランダの上から発見し、これは危ないと思って、危なっかしい彼を助けるつもりでロープを降ろしてやったのかもしれません。それとも、岩瀬は登ってくる途中で身体が不安定になり、折から上でのぞいていた村瀬を見て助けを求めたかもしれません」

「なるほどな。いや、ものは考えようだね。しかし、あの擦れ跡が、その夜の岩瀬の行為に関係があるらしいことは意見の一致をみたね」

「そうですな」

しかし、両方とも晴れやかな顔はしなかった。両人の意見とも、まだすっきりしないのである。

「待てよ」と、警部補が言った。「あの晩、村瀬妙子は部屋の中に引っ込んでいたと言ったね。そして、あの下着泥棒のことは翌《あく》る朝になってみなが騒ぐまで知らなかったと言っていたな。君の考えを推し進めると、当然、彼女は知っていて知らない振りをしていたわけだ。こりゃ、ちょっと考えものだな」

警部補が深刻な顔になった。

「ねえ、君、どうやらぼくたちの考えには脂《あぶら》が乗ってきたようだ。この調子でもう少し深く考えてみようじゃないか」

「考えましょう」

七兵衛刑事の眼が爛々《らんらん》と光りだした。

二人はまた前の三倍もの間沈黙をつづけた。警部補と七兵衛刑事の顔は、恰度運座の席で俳人が苦吟《くぎん》をしている様子と似ていた。警部補は古びた回転椅子を軋《きし》らせ、身体をあっちに向けたり、こっちに回したりして呻《うな》っている。

七兵衛刑事は警部補の机の前を離れ、粗末な椅子に腰を下ろして広い額を支えたり、また立っては歩いたり、かと思うと警部補の様子をちらちらと眺め、再び椅子に腰を下ろしたりしていた。明らかに二人の頭脳がその全知を傾けて回転していた。

その時間がたっぷりと三十分は経過した。ぴたりと警部補の前に進んだのは七兵衛刑事であった。彼は椅子を警部補の机の前に運ぶと、自分から、どっかとそれに跨《また》がって上司と間近なところで向かい合った。彼の眼はあたかも犯人に向かっているときのように鋭くなっていた。

「主任さん、わかりました」

彼は広い額越しに対手《たいしゅ》に言った。

「えっ、わかった？」

警部補も回転椅子を正常な位置に戻した。

「岩瀬幸雄はハンサムでしたね？」

「ハンサムだった」

何事かを感得したように、警部補の声もそれで勢いづいた。

「岩瀬が男子側の連絡委員になると、女子側の者もやる気を起こしていたと言われますねえ？」

「そうだったな。岩瀬は、ああいうオールドミスやミセスに人気があった。彼が出ると、女性委員たちもやる気を起こしていたわけだ」

「主任さん、岩瀬の身長は？」

「そうだな、あまり背は高くないな。一メートル六十センチぐらいだろう」

「身体は？」

「中肉だ」

「もし、村瀬妙子が岩瀬を引き入れていたとしたら？」

「不自然ではないね」

「聞込みによると、岩瀬のところには土、日曜日に女たちが来るということはあまりないと言います。あれくらいのハンサムにしては少々身持ちが堅いようですな」

「そうだね」

「しかし、同じ聞込みでは彼は夜中に部屋をよく留守にしたというのがありました」

「うむ、うむ」

「もし、岩瀬が村瀬妙子の二〇九号室に忍んで来ていたとしても不自然ではありませんね？」

「考えられる。……そうだ、男の装《なり》では女子アパートにはこられない。いくら夜中でも誰かに見られる。そこで、君の考えは、岩瀬は女に変装していた。それがあの特徴のある服装だった……」

「そうです。だから、村瀬妙子の真ん前の村上照子は、その姿だけを見て顔をろくに見ていないのです。村上照子はその女をワカ子とばかり思い込んでいましたが、本当はワカ子ばかりでなく岩瀬も村瀬妙子の室に忍んできていたんではないでしょうかね？　ほら、ほかの部屋でも二〇九号室に忍んでゆく中ヒールの音を聞いていますね。岩瀬はまさに女装で忍んで来ていた。男としては小柄なほうですから怪しまれずにすんだと思うんです」

「そして、犯行直後の時間、服部和子が浴室に行く階段ですれ違ったのは彼だというんだね？　頭は赤い色のターバンをひろく巻いていた。これだと髪のかたちはごまかせるし、俯向いていたというから、はっきり顔を見られなかった。もっとも、多少は見られたとしても、岩瀬は化粧ぐらいはしていただろうから、ちょっと見たぐらいでは彼とは見破られなかっただろう……と言うんだね？」

「そうです。だから、岩瀬は女湯に入ることができたのです。十一時近くですから、入浴者のない時刻です。それを狙ったのです。ひとりでも先に入浴者があったらこのことは不可能になります。一方村瀬妙子もあらかじめ浜谷ワカ子をその時刻に呼び寄せ、風呂に入るように言いつけていたと思うんです。この時間の一致は村瀬妙子によってアレンジされていました。そうして、二人は、当然に浴場で出遇った。浜谷ワカ子は外部の人間ですから、てっきり女装の岩瀬をアパートの人間だと思って別に警戒もしていなかった。むろん裸になったらいくら女をよそおったって無理ですから、殺したのは脱衣場だと思われます。岩瀬はワカ子を脱衣場で絞め殺してから浴場につれ込み、湯の中に沈めたのだと思います。この場合、岩瀬は浜谷ワカ子とは初対面ですが、彼女の人相は村瀬から聞いていたし、時刻もぴったりですから、間違いなく犯行がやってのけられたと思います。それからもう一つ、そこに他の入浴者が居てはもちろん犯行ができませんから、そのときは計画を中止したと思います。非常にそういう偶然に支配される計画だったと思いますね。ですから、あとからほんの五分ばかり早く服部和子がそこに来たら、その実行はオジャンになっていたと思います。あるいは和子からもう二、三分遅れてきた栗宮の婆さんにそれを置替えても同じことです」

「では、例の下着泥棒に偽装させて岩瀬を殺したのは村瀬妙子だったというのかい？」

「そうです」

「その順序を聞かせたまえ」

11

七兵衛刑事が、岩瀬幸雄は実は下着泥棒ではなく、また転落死したのでもない、それはすべて村瀬妙子の偽装であると断じたことから、警部補とのやり取りが白熱化してきた。

「ぼくが思うに」と、七兵衛刑事は広い額の下から眼を輝かして言った。「村瀬妙子と岩瀬とは前から関係があり、岩瀬が女装して妙子の部屋に忍んで来ていたと思うのです。ところが、それを村上照子に見つけられて以来、同性愛の噂がぱっと立った。これには村瀬妙子も困ったでしょうが、もっと困るのは、その岩瀬が村瀬妙子から金をしぼり取ろうとかかったことです。岩瀬は銀行員ですが、薄給のサラリーマンですからね」

「岩瀬が妙子を脅迫していたというわけか？」

「そうです。岩瀬は妙子に、満足に金をくれなかったら二人の関係を暴露《バラ》す、と言ったかもしれません。なにしろ、それを暴露されると、妙子には同性愛以上にショックですからね。同性愛なら、まだいくらか軽いですが、男を女装させて自分の部屋に忍び込ませていたとなれば、村瀬妙子には致命的なスキャンダルです。なぜなら、彼女は体裁が悪くて、そのアパートにも居られなくなるばかりか、将来道徳教育を目標として構想している花嫁学校の建設にも差支えるわけです」

「それなら、村瀬は相当な金を与えて岩瀬と手を切ればよさそうなものだがね」

「ところが岩瀬も妙子の内懐をよく知っていますから、おいそれとは引きさがりません。おそらく、岩瀬は妙子の有金を全部吸い上げるまで引きさがらなかったと思います。こうなれば、妙子も岩瀬を殺すほかはありませんね」

「ちょっと待ってくれ」肥った警部補は首の汗を汚ないハンカチでぐいと拭いた。「妙子の殺意はそれでわかるとして、例の風呂場で死体となった浜谷ワカ子はどうなるんだね？」

「ああ、あれですか」

七兵衛刑事は、そのことなら簡単です、と言いたげな表情になった。

「あれも村瀬妙子が岩瀬にやらせた防衛的な偽装だと思うんです」

「というと？」

「つまりですな、妙子としては、せめて同性愛のスキャンダルの線で最後まで押し通したかったのでしょう。そのためには、自分のところに忍んで来ていた人物が女性でなければならなかった。したがって、対手が女だったという証拠を皆にみせる必要があったのです。死んだ浜谷ワカ子がそれだったとわかれば、妙子としては岩瀬が忍んで来た事実が永久に消せますからね」

「しかし、それだと、村瀬妙子は浜谷ワカ子をその証拠の候補者として前から考えていたということになるが……」

「まさにその通りだと思います。主任さん、ぼくは浜谷ワカ子は実際は岩瀬の情婦だったと思うのです。ほれ、岩瀬はよくアパートの部屋を空けていたというでしょう。むろん、それには村瀬妙子の部屋に忍び込んでいたことも入っていますが、それ以外に外で浜谷ワカ子と逢っていた時間も含まれていると思うのです」

「なるほど。しかし、バー〝螢〟では岩瀬の名前はちっとも出なかったね」

「それは岩瀬とワカ子の関係が〝螢〟でできたのではないからです。おそらく、ワカ子のコールガール時代に彼との結びつきが生まれたのだと思います。……たとえば、岩瀬が偶然に呼んだコールガールが浜谷ワカ子だった。しかし、その後も浜谷ワカ子のほうが岩瀬に惚れて、ずっと関係をつづけてきたと思うんです。なにしろ、彼女がバー〝螢〟に出はじめたのは半年くらい前ですからね。岩瀬も銀行員という手前、用心深い男ですから、ワカ子との関係が知れるようなバーには顔を出さなかったと思います。……それに、岩瀬は酒も飲めない男ですから、バーなどに行っても無意味ですよ。お目当てのワカ子とだけ外で逢っていればよかったのです」

「すると、君、〝螢〟に村瀬妙子が現われるようになったのは、どういうわけだね？」

「それは、おそらく、村瀬妙子と岩瀬幸雄との共謀の上からでしょう。ということは、すでに浜谷ワカ子を殺害する計画ができていたのですから」

「では、妙子はすでにワカ子を殺したあと岩瀬も片づけるつもりでいたのか？」

「そうだと思いますが、もちろん、それは岩瀬にはおくびにも出しません。彼女は岩瀬には多分こんなことを言ったでしょう。わたしの部屋に女が忍んで来ていることがアパート中にわかってしまった。幸いまだその正体があんたとは誰も気がついていない。自分にも将来学校経営という計画もあることだから、この際あくまでも同性愛の線で食い止めたい、そこで浜谷ワカ子をその相手だったということにして殺してしまえないだろうか、死人に口無しで誰も真相は知らないから、と、まあ、こう持ちかけたと思います」

「しかし、そんな単純なことで岩瀬が承知するかな？　岩瀬だって浜谷ワカ子が情婦なら、そのためにわざわざ彼女を殺すことはなさそうだがね」

「これもぼくの想像ですが、岩瀬幸雄は浜谷ワカ子につきまとわれて弱っていたんじゃないかと思います。ほれ、〝螢〟のマダムも、浜谷ワカ子が情人があることをほのめかしていたと言ってましたね。だから、岩瀬にぞっこん惚れ込んでいるワカ子は、逃げ腰になっている岩瀬を追い回していたんじゃないでしょうか。ワカ子はコールガールをしていただけにヤクザの知合いなんかも居たかもしれません。だから岩瀬に、もし、あんたがわたしから逃げるようなことがあれば、そういう人たちに頼んで何をするかわからない、ぐらいのことは言ったんじゃないでしょうか。だから、岩瀬としても浜谷ワカ子を消したい理由はあったのです。コールガール出身の女にいつまでもつきまとわれていれば、岩瀬だって勤め先の銀行に瑕《きず》がつかないともかぎらないし、また将来まっとうな縁談の障害にもなりますからね」

　これだけのことを七兵衛刑事がすらすらと言ったので、肥った警部補は、

「君、いつの間にそんなことを考えたのかね？」

とふしぎそうに訊いた。

「いや、一つの推定ができれば、それを突破口として次々と理屈が泛《うか》ぶものですよ」

七兵衛刑事は多年の経験による連想の発達を誇った。

「おどろくべきものだ」と、警部補は感嘆して、「村瀬妙子が〝螢〟を二、三度のぞいて浜谷ワカ子に逢っていたのは、どういうことかね？」

と訊ねた。

「それはですな、はっきりしていますよ」

七兵衛刑事は、そんなことぐらいわからんのか、と言いたげな顔で、

「村瀬妙子のところに忍んで来ていたのが同性愛の浜谷ワカ子だったと警察やほかの者に納得させるには、村瀬妙子は前から浜谷ワカ子と知合いであることを強調しなければなりません。ですから、村瀬妙子は〝螢〟に行き、浜谷ワカ子と親しげに話していたんです。ほれ、バーのマダムの証言にありますね。村瀬妙子が馴れ馴れしく話しかけているのに、浜谷のほうは何だかぎこちなさそうにしていたということを指摘しています。つまり、その前に村瀬妙子は岩瀬と一緒にどこかで浜谷ワカ子と逢ったことがあるのです。ですから、浜谷としてはもちろん妙子と岩瀬の関係は知らないから、妙子には遠慮がちにしていたのです。ところが、村瀬妙子は、ワ

カ子が自分のペットだということをみなに思わせるために、ことさらに狎《な》れ狎れしい態度を見せて芝居をしていたと思うんです」

「なるほど。つまり、浜谷ワカ子が村瀬妙子の同性愛の相手だという裏付けだったんだね」

「そういうことです」

警部補は、七兵衛刑事の論理を自分の胸に納得させるようしばらく考えていたが、

「そこまでは大体わかるが、では、肝心の岩瀬殺しの順序となると、どうだね？」

と、問題の核心にふれた。

「それはですな、こう思うんです」と、七兵衛刑事は慎重な話しぶりになった。

「あの晩、村瀬妙子はこっそり岩瀬を自分の部屋に連れ込んでいたと思います。女子アパート中が寝静まっていれば、岩瀬が男の装《なり》で忍び込んでもわかりませんからね。そこで、妙子は岩瀬を何か口実をつくってベランダの手摺のところまで連れて行き、岩瀬の不意を見計らって彼を突き落としたんだと思います。そして、ベランダの上に干してある自分の下着類を上から投げて、下のコンクリートに横たわった岩瀬の身体のぐるりに撒いたのだと思います。こうすると、あたかも岩瀬が下着を盗みにベランダまでクライミングする途中、足を踏みすべらして転落したように見

えますからね。……つまり、村瀬妙子は女子アパートに頻々として起こる下着盗難事件をうまく利用したのですよ。下着泥棒という雰囲気があればごまかすのが極めて容易になります。事実、あのアパートの下着泥棒はずいぶん危なっかしいところまで登って来ています。岩瀬を下着泥棒にして転落死を遂げさせても不自然には見えません」

「なるほどな。そいつはうまい工夫だ。いや、うまいところに着眼したね」警部補はうなずいた。

「しかし、君、岩瀬は本当の下着泥棒ではないから、あとでまた真犯人が下着を盗みに来るようなことがあれば、どうなるね？」

「変質者は今の世の中にうようよしています。一人の下着泥棒が失敗しても、また別な奴が盗みに来たってちっとも不自然ではありません」

「明快な論理だ」

と、警部補は椅子から起《た》ち、二、三歩、その辺を往《い》ったり来たりした。

「君」と、彼は七兵衛刑事の理論に疑問を起こしたらしく、「いくら岩瀬幸雄がへなへなでも、やっぱり男だ。村瀬妙子の力であのベランダから突き落とせるものかね？……また、そういう争いがあれば、必ず格闘の音が聞こえなければならない。

それが全然なかったというのは、どういうことかね？」

　これは七兵衛刑事にも弱点だったらしく、

「いや、それはですな、女が男の不意を衝《つ》けば、或る程度成功するんじゃないでしょうか。たとえば、男がベランダの手摺に上半身をかけて外を見ていたとする。女が男の両脚を不意に後ろから持ち上げれば、そのまま下に転落しますからね。油断していれば、どんなことでもできますよ」

　七兵衛刑事は、自論の弱点を自分の力で征服するように強い言葉で言った。

「そんなものかな？」今度は警部補も全面的にはそれを承服しなかった。「では訊くが、あの手摺に付いていたロープの擦れ跡だ。あれと岩瀬殺しとは関係があるかね？　あれば、それはどういういきさつであの跡が付いたのか、それを説明してくれないか。君の想像だけでもいいよ」

「その点がどうも今はっきりと言えません」

　と、それだけは七兵衛刑事もカブトを脱いだ。

「しかし、主任さん、現場に第三者に理解のできない現象が残された例は珍しくありません。どうして、こういうことになっているのか、いくら考えても解釈できないことがあります。それだけは、犯人をつかまえて、その口から聞かなければわかりませんね。つまり、犯人だけが知っている現象が現場にはあるわけです」

「そりゃそうだ」

警部補は太い指を引っ張った。あいにく肥えているせいか、それとも不器用なのか、ポキポキという音は出ない。

「その点はわしも経験で知っている。現場を見た連中がどうしても解けなかった謎を、あとでつかまえた犯人によって種明しがされる例をな。犯人の自白を聞いて、なアんだ、ということになるが、そのときはしきりと頭を捻《ひね》るものだ」

「そうでしょ、この手摺のロープの擦れ跡も犯人だけがわかっているのでしょう」

「待て待て。だからといって、これは考えないわけにはいかないな」

警部補は、椅子に凭《もた》れて沈思黙考していたが、

「君、今の君の理論でも解決できない疑問が依然として残っているよ」

「そうですか」

「そうだろう。第一に、君によれば、岩瀬が風呂場で浜谷ワカ子を殺して、あのけばけばしい女の服装で地下室から上に出たまではいいが、それから先、村瀬妙子の部屋に合鍵で入るまで誰にも見咎《とが》められなかった疑問は、依然として残るわけだね。それに二階のベランダから突き落としても死ぬとはかぎらないんじゃないかな」

「そうですね」

七兵衛刑事も、その点はまだこれから考えなければならないようだ。

「第二に、ぼくにはまだ釈然とできないのが手摺から岩瀬を突き落としたことだ。君、村瀬妙子はもう四十すぎの痩せた女だ。一方は屈強とまではいかなくとも、まあ、元気のいい青年だ。いくら不意を衝いたといっても、そううまくことが運ぶとは思えないね。この点、納得のいくような論理がないと、少し弱い気がするな」

「しかし、主任さん、これまでの犯罪例を見てみますと、理屈通りにはいかないことが多いのです。つまり、普通ではとてもそんな力が出そうにないのに、いざとなると思いがけない膂力《りょりょく》が出ることだってあります。常識では解釈ができないと思いますよ」

「そうか。……すると、岩瀬がワカ子殺しの犯行後、誰にも目撃されずに村瀬妙子の部屋の中に入ったのは、これまた幸運な偶然のせいかね？」

「まあ、そう考えてもいいのじゃないでしょうか。あの地下室から二階の二〇九号室に入るまでの所要時間は、せいぜい三分か四分です。いや、四分はちょっと長い。ほんの二、三分間でしょう。その間に他人に見られなかったとしても、そう不自然ではありませんよ。……事実、その時刻にはたしかに居住者が二階の廊下に出ていました。それは、その人たちの証言ですが、果たして一分も違わずに該当時刻にそこに居たかどうかは疑問です。僅か二、三分間のズレですからね。その証言をあまり重視するのはどうですかね」

「そりゃ理屈だ」警部補はうなずいた。

「君、それでは村瀬妙子を一応引っ張ってみるか？」

「そうですね。やはりあの女がいちばんおかしいと思いますよ」

「引っ張るとしても、何か口実がなければならないが、今のところ浜谷殺しの容疑というわけにはいかない。物的証拠がないからね。やっぱり参考人だな」

「参考人として召喚し、調べてるうちにボロが出たら、そのまま逮捕状に切りかえるという手でしょうね」

「君は簡単に言うが、あとで面倒になって責任を取るのはぼくだからな。まあ、もう少し考えさしてくれ」

肥った警部補は首の汗を拭いた。

「主任さん、浜谷ワカ子殺しはともかくとして、まず、岩瀬幸雄を殺害した嫌疑で重要参考人にしたらどうでしょうか？　とにかく、あの騒動は村瀬妙子のベランダの下で起こっていますからね。当夜、岩瀬があの壁を外から登ったのではなく、実は彼女の部屋に入っていてベランダから墜落したことがはっきりすれば、逮捕状は取れますよ」

警部補はそれには意見を言わず、ひとりで呻《うな》っていた。七兵衛刑事に唆《そそのか》されて村瀬妙子を引っ張るべきか、それとももう少し証拠収集をやるまで彼女を放置しておくべきか、決断に迷っている。

「村瀬妙子が臭いことには変わりはない」

と、警部補は自分の心に言い聞かせるようにつぶやいた。

「ほかの者はみんなシロだ。どう考えても村瀬しかいない。……しかし、証拠が無い。証拠が無いよ、君」

その証拠を発見できないのは七兵衛刑事の責任でもあるかのように警部補は強く言った。

「なにしろ、あの女子アパートは口うるさいところだからね。未来の洋裁学校の校長にしても、家裁の事務員にしても、デザイナーにしても、女画家にしても、口から先に生まれたようなものだ。それに、最近は警察の初期捜査についていろいろと批判がある。例の別件逮捕というやつだ。いや、村瀬妙子をそれで引っ張るという意味じゃないよ。ただ、薄弱な証拠であの女を今つかまえてくるのが問題だというのだ」

「それなら、もう少しやってみましょうか」

七兵衛刑事は言ったが、今さら村瀬妙子の身辺を捜査しても、有力な手がかりが発見できる自信は無さそうだった。その言葉に似合わず勢いがない。

「なあ、君」と、警部補が思いついたように肥った身体をくるりと部下のほうに回した。「例のベランダの手摺の擦れ跡だがね。あれは、君、村瀬妙子が岩瀬の身体をロープに捲《ま》きつけてベランダの上から下に降ろしたんじゃないだろうか?」

「さあ……しかし、そんな必要はないと思いますがね」

七兵衛刑事が警部補の思いつきを一蹴《いっしゅう》したとき、卓上電話が鳴った。肥った警部補は、うん、うんと聞いていたが、受話器を置くと、硬い表情で七兵衛刑事を見た。

「君、村瀬妙子が殺されたよ」

12

肥った警部補と七兵衛刑事とが鑑識の連中と世田谷の独身アパートに到着したと

き、女子部の建物の前は人だかりでいっぱいだった。巡査が立ってヤジ馬を庭から中に入らせないようにしている。

二人の顔を見た巡査の一人が敬礼した。

「村田君はいるかね？」

警部補はせっかちに訊いた。村田というのは所轄署の捜査課から来ており、浜谷ワカ子殺しの捜査本部主任となっている。

その村田は、二人が女子部の入口に歩いてゆく途中で、奥から飛び出してきた。

「やあ、どうも」

と、村田は蒼い顔をして、

「またやられましたよ」

と、がっかりした声を出した。

「電話では簡単な報告だったが、まさか、君、村瀬妙子まで殺されるとは思わなかったよ」

警部補は、その電話を聞いたときの愕《おどろ》きをまだここまで持ち越していた。

「全く意外です。何が何だかさっぱりわかりません」

村田は、警部補と七兵衛刑事によって、村瀬妙子が浜谷ワカ子の謀殺と、岩瀬幸雄殺しの被疑者に推定されているとは夢想もしていなかった。しかし、それだからこそ、妙子が殺されて大きな衝撃を何倍か受けているのは警部補と七兵衛刑事のほうだった。

「やっぱり殺されたのは彼女の部屋かね？」

頭の混乱では、村田に負けない室井警部補が訊いた。

「いいえ、それが妙なとこなんです」

「妙なところ？」

「はあ、地下室の階段を降りたところにボイラー室がありますね。その中で死体となって一時間前に発見されたのです」

ボイラー室とは思いがけない場所だ。警部補は素早くうしろの七兵衛刑事を見たが、さすがのベテラン刑事も唖然《あぜん》とした眼つきになっている。

村田が案内役となり、その地下室の階段を降りた。要所要所には巡査が立っていて現場保存につとめていた。

このボイラー室は、浜谷ワカ子殺しのときに何度も覗いて二人には馴染《なじみ》だった。まさか、ここで村瀬妙子が殺されようとは思わなかった。入口からのぞくと、黒っぽい服の女が狭い機械の間に俯伏《うつぶ》せになって見えた。グレイのスカートが少しめくれて、白い脚が伸びている。

「死体は発見時のままだろうね？」

念のために警部補が確かめた。

「はあ、本庁からの検視が済むまでは指一つふれていません」

赧《あか》ら顔の鑑識課員は、早速、写真係に現場の模様を撮らせた。フラッシュがしばらく光った。

それが済むと、鑑識課員は俯伏せの女を仰向けにした。村瀬妙子は口から血を少し流していた。眼は剝《む》かれたままで、最期の苦悶《くもん》の表情が死顔に固定していた。鑑識課員が説明するまでもなく、頸に索条溝《さくじようこう》があるし、顔はドス黒くなっているので、絞殺の特徴は顕著《けんちよ》だった。

鑑識課員はしゃがみ込んで、眼瞼《まぶた》をひっくり返したり、鼻孔《びこう》や、口腔《こうくう》などに懐中電灯をさし入れていたが、

「死後推定時間は、大体、十時間乃至《ないし》十三時間ですね。詳しいことは解剖の結果を見なければわかりませんが、硬直状態などからみて、間違いないと思います」

と、後ろに立っている警部補に報告した。機械がいろいろと入っているボイラー室なので、死体は狭いところに窮屈に転がされていた。警部補や刑事たちも鑑識課

員の背中のうしろに立っているより仕方がなかった。

やがて担架が運ばれて村瀬妙子の死体は解剖のために運搬車で持ち去られたが、彼女の服装は、普段着のブラウスとスカートにサンダルのつっかけという恰好だった。ストッキングもはいていないのは外出の支度でなかったことがわかる。ハンドバッグもないのだ。

鑑識課員は、絞殺に用いた兇器は麻縄様のものだと断定したが、それは犯人が持ち去ったらしく、遺体からも、現場からも発見されなかった。

「多分」と、鑑識課員は起ち上がって警部補に言った。「被害者は無警戒の状態でいるところを不意に後ろからやられたのでしょうね。本人はもちろん抵抗したに違いないから、犯人は相当な力を持っている人間と思われます」

と、参考意見を述べた。男だろう、と言わないのは、もっと確実なデータが出るまで私見をつつしんでいるのだった。

「この死体を発見したのは誰だい?」

警部補は所轄署の主任に訊く。

「はあ、それはここの管理人です。今朝の十時半ごろ、ボイラー室の掃除のためにここに入ったそうですが、さっきの状態で女が死んでいるのを見て、すぐにわたしのほうの署に報らせたと言ってます」

管理人が一一〇番を呼ばずに所轄署に咄嗟に報告したのは、前に浜谷ワカ子殺しが起こっているので、捜査本部が頭にあったためだという。

その管理人はおどおどしながら警部補の前に出た。

「ここのボイラー室には日ごろから錠が掛かってないのかね？」

警部補は訊問した。

「はい、ご覧のように、戸を閉めるだけで錠は掛けていません。掛けなくとも、こんなところに入り込む人はいないので、今まではその必要がなかったのです」

管理人は、つづいて三度も起こったアパート関係者の奇怪な死に動顛《どうてん》していた。

「昨夜は風呂があったのかね？」

「いいえ、風呂のある日なんですが、昨日は罐《かま》の具合が悪くて、修繕のために休みました」

死後十時間乃至十三時間という鑑識の推定が正しければ、村瀬妙子は昨夜の十時半ごろから今朝一時半ごろの間に殺されたことになる。風呂がなかったので、浴室に降りてゆく人間はいなかったことになる。犯行は、一人の目撃者なしに行なわれたのであった。

昨夜、風呂が沸かなかったことは重大な条件である。なぜなら、入浴者がこの地下室に降りてくるのとこないのとでは、この犯行の成否にも関わるからだった。ボイラー室の前を通る者がなかったのは、村瀬妙子の殺害をきわめて容易ならしめたといえるのだ。

そこで考えられるのは昨日風呂の罐が壊れて風呂を沸かさなかったということを知った人間の犯行であろう。つまり、内部説が有力になってくる。ボイラー室にふだんから鍵が掛かってないことを知っている人間の犯行でもあるからだ。

ただ、ふしぎなのは、なぜ、村瀬妙子がこのボイラー室に入って来たかだ。

もちろん、犯人に連れ込まれたとも思われるが、無理にそこに引きずり込めば、彼女は大きな声で抵抗したに違いない。地下室とはいえ、その声が上のアパートに聞こえぬはずはなかった。

管理人は一階の角の部屋に居るが、午後八時を過ぎると、自室に引っ込んでしまう。彼は何の叫びも聞いていない。それに管理人室を引き揚げたあとでは、村瀬妙子が二階から降りて、地下室に行くところを目撃できなかった。

それで、村瀬妙子は強引にボイラー室に連れ込まれたか、それとも自らの意志でそこに入ったか、判断の岐《わか》れるところだが、もし、後者なら、当然、犯人は被害者と顔見知りの人間で、しかも被害者が気を許した相手ということになりそうである。ただし、いくら気を許したからといって、用もないボイラー室に入るのは奇妙だ。夜だから、そこはもっとも淋しい。風呂が休みだから、地下室には電灯もつけてなかったという。もし、妙子が抵抗せずにそこに行ったのなら、何かの理由が犯人によって作られていなければならない。

ただし、こんな場合も想定される。村瀬妙子が誰か知った人間と一緒に地下室に降りてボイラー室の前まで来たとき、相手が急に力ずくで彼女をボイラー室に引っ張り込むことだ。この場合でもむろん妙子の抵抗はあるし、大きな声は出されたに違いない。

それにしても、村瀬妙子は、なぜ、風呂の立っていない地下室に降りて行ったのだろうか。現に彼女は入浴の道具も持っていなかった。この辺が警察にはよくわからなかった。

「被害者のそのときの心理になって考えてみよう」

と、警部補は言った。

「村瀬妙子は、非常に親しい或る人間に誘われて階下に降りて行ったと思う。その場合、むろん、秘密な相談があると相手から言われたに違いない。当夜は風呂がなかったので、誰も通らない地下室は内緒話の場所として恰好だった。しかし、普通の内緒話だったら、もちろん、そんなところに行く必要はない。彼女の部屋でこそこそと話をすればよいことだ。ドアを閉め切っていれば、絶対に話し声は外に洩れることはないからな。してみると、その内緒話というのは大変な秘密を持っていたと思われる。部屋の中ですら不安を感じさせるような、大変な秘密だったのだろう」

彼は所轄署の捜査本部員も集めて、ここで初めて村瀬妙子に関する容疑の点を明した。

「以上のような理由で、村瀬妙子は岩瀬幸雄を使って浜谷ワカ子を殺させ、さらに今度は当の岩瀬を、日ごろから起こっている下着泥棒の変質者に偽装させ、自分の部屋のベランダから突き落として、まんまとごまかしに成功した。その村瀬が重大な秘密で地下室まで誘われたとなると、その内緒話とは彼女の犯行に関することではなかっただろうか。つまり、妙子の犯行に気づいた人間がこのアパートの中に居たのだ。こう解釈すると、彼女が唯々《いい》として人気《ひとけ》のない地下室に降りてゆき、さらに自ら狭いボイラー室に入った理由もわかる。つまり、地下室だけではまだ不安で、ボイラー室というかくれ場所に入らなければ、いつ、人が通りかかるかわからない気持で安心できなかったのだ」

　この捜査会議の席上に村瀬妙子を解剖した監察医務院から電話が掛かり、解剖所見などが伝えられた。死後の推定時間や、死因や絞殺に使った兇器などは鑑識の検視意見と違っていなかった。胃袋に入っていた夕飯の消化状態から、その死後経過時間はもっと明確にされた。

　肥った警部補は、その解剖報告も一同に披露した。

「要するに、犯人は絶対に外部の者ではありえない。独身アパートの部屋を借りている居住者に絞って間違いないと思う。ただし、鑑識は村瀬妙子より力の強い人間という意見を述べている。また、村瀬妙子は不意に襲われているので、彼女より背の低い人間の犯行とは考えられない。妙子は身長一メートル六十で、女としては背の高いほうだ。頸部の索条溝は大体水平についている。もし、彼女より背の低い人間の犯行だったら、前頸部《ぜんけいぶ》のほうが高く、後頸部がやや低くなるはずだ。つまり、索条溝は水平でなく、斜めの状態でなければなるまい。こういう点からも犯人は村瀬妙子と同じぐらいの背か、それより高い人間ということが考えられる……」

　警部補はちょっと考えて、この自説に註釈を加えた。

「もちろん、犯人が村瀬を引きずり倒して頸《くび》に麻縄を捲いたということも考えられるが、最初の縄は彼女の油断しているときに捲かれたと思うから、三重に作られた索条溝の一つは少なくとも斜めの位置になっていなければならない。ところが、死体は三本の筋が平行している。この点、犯人が女であれば、村瀬妙子よりも背が高く、しかも相当な力を持っている人間となろう。したがって、四十の彼女よりは若いということも言えるのではなかろうか。もちろん、犯人が男の場合だと、この年齢の点は厳密には言えないがね。男だと、少しぐらい年齢を取っていても女よりは力があるものだ」

警部補はアパート内部説で、犯人は男性と割り出した。

当然、この女子アパートと廊下つづきになっている男子アパートの人間が疑惑の中に絞られてくる。さらに身長まで割り出したとなれば、ことはいっそうに明確となってくる。

「動機の点はどうですか？」

と、所轄署の一刑事が反問した。

「動機か……今も説明したように、村瀬妙子の犯行に気がついている人間だ。すると、岩瀬幸雄が殺される前、彼から事情をこっそり聞いていた友人かもしれない。

この友人が村瀬妙子にこっそり金を出せと脅迫する。妙子は、あの通り吝嗇《けち》な女だから、それを断わる。この交渉がボイラー室だったとすれば、あそこに妙子が入っていたのも不自然ではない。そこで、妙子は犯人の要求を撥《は》ねつける。のみならず、勝気な女だから、相手に罵詈雑言《ばりぞうごん》を浴びせたかもしれない。男はかっとなる。そして……」

と言いかけて警部補自身がこの仮説の矛盾に気づいた。

つまり、発作的な兇行だと、村瀬妙子は絞殺よりも扼殺《やくさつ》のほうが強くなるわけだ。というのは、犯人は兇器の麻縄を初めから用意しているのである。警部補は、そこでちょっと言葉に詰まった。

「まあ、これは仮定だからね、真実にはかなりの隔《へだ》たりがあるかもしれないが、一つの可能性として考えていいのではないかな」

「動機としては少し弱いが、ボイラー室に被害者が入っていた理由づけとしては納得できないこともありませんな」

と、別な刑事が言った。

「しかし、それにしても兇器は麻縄らしいと推定される。では、犯人は初めから妙子を殺すつもりで用意していたとみなければなりませんが、これはどうでしょうか？」

警部補は早速弱点を突かれたが、

「その点はもっともな意見だ。しかし、今のところ、できるだけ可能な想定から、じわじわと線を絞ってゆかなければならない。兇器の麻縄のことだが、むろん、それが麻縄とはっきり断定されたわけではない。だから、何かそれらしいものを犯人が偶然に持っていて、それを利用したということも考えられる」

警部補は、自分の論理の弱いところを一気に乗り切ったかたちで、急いで言葉の調子を改めた。

「そこで、これから男子部の各居住者と、女子部の連中に聞込みをやらなければならない。とくに女子部のほうでは、村瀬妙子がボイラー室にゆく途中の目撃者を捜し出す必要がある。例によってうるさい女史ばかりだが、そこは適当に機嫌を取って有力な材料を摑んでほしい」

捜査会議は、ひとまず、こんなかたちで終わった。まことに常識的だが、材料が何も出揃わない今、初期の捜査段階としては仕方がないことだ。

村瀬妙子は二階の二〇九号室だ。その隣の二一〇号室の南恭子、向い側の二〇一号室の細川みな子、二〇二号室の村上照子、二〇三号室の広田綾子が聞込みの重点的な対象になった。そのほか二階の各部屋の住人はいずれも大事な参考人である。さらに三階、四階の連中も無視できない。なぜなら、三、四階の居住者も絶えず階段を昇降しているからだ。

「またいやなことが起こりましたわね」

と、二一〇号室の南恭子は刑事の訪問に泣き顔になっていた。

「わたしは昨夜十時ごろから床《とこ》に入ってましたから、お隣の村瀬さんの部屋のドアがあいた音が聞こえたかどうか、さっぱりわかりませんわ」

二〇一号室の細川みな子は、

「わたしは昨夜はずっと部屋に居たんですが、面白いテレビがあったので、十一時半ごろまで見つづけていました。テレビの音が高かったし、それに画面に気を取られていたから、村瀬さんの部屋のドアのあく音がしたかどうかわかりません」

村瀬妙子の二〇九号室の真ん前に当たる村上照子は顔をしかめて言った。

「ほんとにいやなアパートね。村瀬さんは今に何が起こるかわからないと思っていましたわ。でも、まさか殺されるとは思いませんでしたけれど、ほんとうに不吉なアパートだわ。もう今月の月末がきたら、すぐによそに引っ越すわ。……え、昨夜ですか？　昨夜は久しぶりに従妹が遊びに来たので、話に夢中になっていたの。そりゃあ長く起きてたわ。寝たのが今朝の二時ごろだったでしょうか。でも、話に夢中になって二人で笑いこけていたから、村瀬さんのドアがあいた音がしたかどうかもわからなかったし、足音も気づいていません。……ねえ、刑事さん、早く事件を解決しないと、このアパートは今にガラ空《あ》きになりますよ」

その隣の二〇三号室の広田綾子は述べた。

「昨夜わたくしが帰ったのは十二時過ぎでした。銀座で社のパーティがありましてね。そのあと女同士で二次会をやり、バーを二、三軒回ったのです。ですから、村瀬さんの姿は全然見ていません。そう、わたくしが帰ったとき、村瀬さんの部屋のドアは閉まっていました」

そのほかの部屋は、いちいち戸別訪問するよりも、警部補が各部屋主に集まってもらうことにした。

13

アパート中の女性が一階のロビーに集まったが、そこからは参考になる話は聞き出せなかった。

警部補が主に訊問役になったのだが、中年女ばかりとはいえ、女性群に囲まれていささか逆上《のぼ》せ気味であった。七兵衛刑事も横についているが、警部補が司会者みたいな口を利くのを、ときどき刑事らしい訊問調に直したりした。

しかし、結論は、地下室に降りてゆく村瀬妙子の姿を見た者がないということになった。

多勢の女だから、初めは警部補も神妙に一人ひとりの発言を聞いていたが、そのうち警察をなめたか、私語がふえ、雑談みたいになってしまった。もっとも、この雑談もあながち無益とは言えない。ふとしたことから、誰かが真実に近い声を洩らすかもしれないのだ。

「ほんとにいやになってしまいます」

と、外交官未亡人の栗宮多加子がいつもの丁寧さでぼやいた。

「こういう噂がひろまると、もう、このアパートの借り手だってなくなりますわね」

「ほんと……。いくらお安いと言ったって、こんな事件が起こるようじゃ、とても安心して住めませんわ」

「それに値上げするって話でしょ」

「とんでもない。値下げしてほしいくらいだわ」

「ほおんと……」

女たちの話はきりがなさそうだった。

「では、この辺で」

と、とうとう警部補も諦めて散会を宣言した。

「どうもお疲れのところを済みませんでした。また何かお気づきのことがあれば、ぜひお報らせ願いとうございます」

この集会は彼女たちには結構愉しかった。いつもの退屈な申合わせと違い、一種のスリル感があった。犯人の目撃者が出なかったのは少々がっかりだったが、一時間の集会はまるきりの失望でもなかった。

集まった女性たちが居なくなると、広いロビーは警部補と七兵衛刑事だけになった。

「予想通りですね、主任さん」

と、七兵衛刑事は言った。

「大体、こんなに多勢集めても、お互いが牽制しあって特別な聞込みは出ないと思いましたよ」

彼は会議の招集の仕方に疑問を持っている。もともと、こつこつと一人ずつ当ってゆくのが七兵衛刑事の本領であった。

「そこから何も出ないと思ったから、いちどきに呼んだんだがね。ぼくは女性の心理として、こういう問題はお互いが牽制しあうというよりも、何かこう競争心みたいなものが出て、かえって自分が人の耳目《じもく》を惹くような発言をしたがるもんだと思ったんだがね」

警部補は、自分の考えに訂正を認めないようであった。

とにかく、現在のところ、三回目に起こった殺しもこのままでは未解決に入りそうだった。警部補は頭を抱えている。

すると、十分とは経たないうちに、このアパートの星野正子という女があわてて入口から飛び込んできた。

「大変です」

「え？」

どきっとしたように警部補と七兵衛刑事は、星野正子の取り乱した顔つきをみつめた。

「どうしたんですか？」

「わたくしのところの下着が盗まれましたの。たった今ですわ。わたくしがこちらの集まりに来ている間に盗みに入ったに違いありません。だって、ここに来るときちゃんとベランダに干しておいたんですもの。とにかく来てみてください」

顔の小さい、背の低い星野正子は、まるで幽霊が出現したような表情で言った。

これはこれまでの下着盗難が死んだ岩瀬幸雄の所為《せい》だと確信しているので、その岩瀬の亡魂がまたもや下着を狙いに出たかのようにおびえていた。むろん、下着泥棒が岩瀬だとは警部補も七兵衛刑事も思っていないが、彼の墜落死から日が浅いのに、もう現われたとは、変質者の執念にはおどろくべきものがある。

星野正子の部屋は三階の三〇九号室である。警部補と七兵衛刑事とが、彼女の洒落た部屋を突っ切ってベランダまでゆくと、上から垂れたロープが一本むなしく風に揺れていた。警部補たちは懐中電灯をともしてベランダの下を見たが、這い上がってきた者はよほど巧妙に忍んだとみえ、足跡はなかった。

このとき栗宮多加子は入口から、ご免なさい、と言って入ってきた。

「まあまあ、お気の毒に」

と、多加子は刑事たちの横にぼんやり立っている正子に言った。

「若い人が下着を盗まれたことを刑事さんたちに訴えるのは、よっぽど勇気がいったことでしょう。刑事さん、わたくしが星野さんに代わって訴えてあげましょうか、と言ったんですけれど、星野さんは、この際だから自分で行くと言われたんでございますよ」

「あなたは、この部屋の隣ですね？」

警部補が訊いた。

「ええ、さようでございます。わたくしが三一〇号室で、こちらが三〇九号室、その隣が洗濯場になっていますわ」

「なるほど。じゃ、洗濯場から入って外壁伝いに盗ったのかもしれないな」

警部補と刑事は、その洗濯場に入ったが、ここは別に鍵を掛ける必要はなく、いつでも入れる。窓の外に懐中電灯を出したが、やはり犯人の侵入口の証拠は見当たらなかった。

帰りの車の中で、警部補の横に坐った七兵衛刑事は首を垂れていた。居眠りしているのかと思うと、そうではなく、何やら一心に考えているようだ。

「主任さん」

と、七兵衛刑事が言った。

「さっきの洗濯場には鍵がありませんでしたね？」

「そうだ。あれは盗られるものがないから、夜通し誰でも入れるようになっていると言っていたな」

それがどうかしたのか、と警部補は七兵衛刑事のむずかしい顔つきを眺めた。

「ちょっと待ってください」

七兵衛刑事は警部補を黙らせて、一分ばかり、沈思黙考をつづけていたが、

「主任さん、ちょっと車を停めてくれませんか」

と言った。

「どうしたんだ？」

「いや、いま、ふいと或る考えが泛《うか》んだんです。……その辺を少し歩きませんか」

車の傍らに児童公園のようなものが見えていた。肥った警部補は部下に言われるままに降りたが、七兵衛刑事は先に立ってグラウンドの中に入った。すべり台やブランコが暗闇の中にぽつんと見えている。

「ちょっと掛けましょう」

七兵衛刑事はベンチに腰を下ろした。肥った警部補もハンカチで坐る場所を払い、並んで腰をかけた。空には星が出ている。捜査は昼前からはじまったが、いつの間

にかこんなに遅くなっている。

「主任さん、ぼくは、もう一度、浜谷ワカ子殺しの事件を復習してみたいんですが」

七兵衛刑事は言った。

「なるほど。今度の村瀬妙子殺しが浜谷殺しに関係が深いから、まず前の事件を考えようというんだね」

警部補は、どうせ大した推定は出ないと思ったか、それとも一日中働きつづけてくたびれたのか、ポケットから折れた煙草を取り出した。

「浜谷殺しですがね。例の服部和子が風呂へ行く途中で出遇った派手な恰好の女……この前のぼくの推定では岩瀬幸雄の変装ということになっていますが、いずれにしても、そいつが犯行後全く誰にも見られないということはやはりふしぎですね。岩瀬の変装でも、ぼくの考えでは一応村瀬妙子の部屋に入ったことになっています。しかし、地下室から村瀬妙子の部屋に入るまで誰も見かけていないというのも、たしかにおかしいと思うんです」

「それが、どうかしたかい？」

「さっき洗濯室に鍵が掛かっていないことで思いついたんですが、村瀬妙子の殺された地下のボイラー室もいつも鍵が掛かっていませんでしたね？」

「うむ、そうだった」

「もし、その派手な恰好の女がボイラー室の横で服部和子と遇ったが、和子が風呂に行った間に引き返してボイラー室に入ったとしたら、どうでしょう？　これだったら、彼女の姿をまあ岩瀬の変装としても、その目立つ派手な恰好を誰にも見られないわけです」

「なるほど、そりゃそうだが……」

肥った警部補は自分も腕組みをした。

「すると、岩瀬の変装だと、奴はそのボイラー室で女の恰好を本来の自分に早替りしたというわけかね？」

「いや、そうじゃありません。ぼくは、あれはやっぱり女だったと思うんです」

「へえ、岩瀬の変装説は消えるわけか」

「そうです。岩瀬が犯人だとすると殺したのは脱衣場だと前に言いましたね。しかし、それなら、いくら手ぎわよくやっても、死体を移動させたあとが、かならず残るのではないでしょうか。だから、犯人は男ではなくやはり女だと思います。その女が、あの派手な恰好をわざとして人に見られるようにした。ですから、変装といえば変装ですが、本来の女には違いありません。女なら浴槽に入ってからワカ子を殺すことができた。彼女はボイラー室で、あの赤い色のターバン、赤の大きな横縞のセーター、グリーンのスカートを脱ぎ、自分の本来の姿に返ったと思うんです」

「誰だ、それは？」

警部補が訊くのに、七兵衛刑事は何秒間か答えを延ばした。

「バカな奴だ」

と、七兵衛刑事はつぶやいた。

「え？」

「いや、その犯人ですよ。よけいな工作をするものだから、かえってこちらに気がつくようにさせたんです」

「何のことだね？」

「今の三〇九号室の星野正子の下着盗難事件です」

「何だって？」

「主任さん、浜谷ワカ子が殺されたとき、服部和子につづいて風呂に入ってきたのは誰でしたっけ？」

「栗宮多加子だ。あの慇懃《いんぎん》婆さんさ」

「そうでしたね。あれは確か、服部和子が入浴に来てから六、七分ぐらいの違いでやって来ました。だから、二人はそこで湯に漬かりながら話しているとき、和子が湯槽の底の死体を踏んづけたわけです。その栗宮は、なぜ、服部和子が出遇った例の女を途中で見なかったのでしょう？　六、七分の違いだから見なかったという理由は、つまり、その女が女子アパートの内部に戻ったのではないと考えられませんか？」

「待ってくれ。栗宮多加子は三階だな。村瀬妙子は二階だ。君、六、七分というと、すでにその女が部屋の中に入っていたとしても別にふしぎではないよ。つまり、階段や廊下で遇わなくても不合理ではないわけだ」

「そうでしょうか？　ぼくは、その女は女子アパートの中にも入らず、もちろん、外にも出なかったと思うんです」

「だからボイラー室だというんだな。その着眼はいいが……」

ここまで言ったとき、警部補は口の中で小さな叫びをあげた。七兵衛刑事が何を考えているかわかったからだ。

「君」

と、警部補は頭の中を整理するようにあとの言葉をのんだが、さし当たり疑問と思うところを質問にした。

「君が言いたいのは、浜谷ワカ子殺しも、岩瀬幸雄殺しも、それから村瀬妙子殺しも、みんな同一犯人だというんだね？」

「そうです」

「しかし、君、岩瀬幸雄殺しは男でなければできないことだ。女で、しかも若くない者にそれができるかね？」

「主任さん、それは、あの村瀬妙子のベランダの手摺に付いていたロープの擦れ跡でわかりましたよ。なにも一人で力ずくでやったとは限らないのです。トリックを使えばできることですよ」

「はっきり説明してくれ」

警部補はもどかしそうに言った。

「ぼくの推定ですから、まだ裏付けを取らないと決定的には言えませんがね」

「推定でもいい。捜査は見込みでやってもいいからね」

「たとえば、まず、岩瀬幸雄殺しの場合からはじめましょう。岩瀬の死体が発見されたのは翌朝ですが、死体解剖でもわかる通り、彼の死は、その夜中の一時半ごろでした。そのとき、岩瀬幸雄は村瀬妙子の部屋にもう一人の女と居たのです」

「なるほど」

「三人は、初めは妙子の部屋で話していたと思いますが、そのうちに妙子がつと起って、ベランダのロープに干してある下着を取り片付けに行ったと考えましょう。そのとき彼女は、わざと一枚をベランダの下の絶壁の途中にあるわずかな突き出しにひっかけました。もちろん、一枚ではうまくそこにひっかかるとは限りませんから、三、四枚ぐらいは一度に落としたでしょう。その中の一つでも途中にひっかかればよかったのです」

「うむ。それから？」

「村瀬妙子は、部屋の中に戻って、困ったわ、恥ずかしいものが途中にひっかかっているので、何とかあれを取り込みたい、と言ったとします。それを岩瀬幸雄に頼んだとすれば、これは男としてベランダの下に這い降りることになるでしょう。三人は揃ってベランダに出た」

「それから？」

「岩瀬は手摺を跨いで下に降りようとしたが、どうも危なくて自信がない。それに、村瀬妙子と、もう一人の女は、初めからこのことを計画していたから、岩瀬幸雄の腰のバンドにロープを括《くく》りつけたと思います。そのロープも妙子があらかじめ用意して部屋の中に置いていましたから、すぐに役立つことになりました」

「うむ。つまり、妙子と、もう一人の女とが、そのロープを握って岩瀬を吊り下げたというんだね？」

「そうなんです。もとより、ロープは手摺に懸けていたから、そのときに付いた擦れ跡が残ったのです。ロープは手摺に懸けていたから、……


相当な体重なので、手摺にかけたロープがあれだけの擦れ跡を作ったのです。絶壁の途中の岩瀬は不安定な恰好になってひっかかった下着に手を伸ばしていた。まさに、木の枝から片手でぶら下がった野猿が川に映った月を獲る恰好です。そのとき、二人の女は示し合わせてロープを放したのです。あっという間もありません。岩瀬は下に転落しました。場所も恰度コンクリートの上に落ちるように計画していたし、岩瀬のそのときの姿勢だって頭を下に向けていましたから、そのまま文字通り垂直に落下したのです……」

「しかし、ロープを放されたとき、岩瀬は叫び声をあげなかったかね？」

「人間はあんまり不意なことだと、恐怖が先に立って喚《わめ》く余裕はありません。ほとんど無言のままに岩瀬は墜落したのです」

「下に落ちた岩瀬の死体に巻きついたロープはどうなった？」

「それは、もう一人の女がとことこと階段を降りて外に回り、死体からロープを外せば造作はないわけです。なにしろ、夜中の一時半ごろですから、誰もその辺をうろついている者がなかったのです。また万一階段の途中で見られたとしても、同じアパートの居住者ですから、怪しむ者はいません。ただ、用心しなければならないのは、死体からロープを外すのを目撃されることだけです。これはうまくいきました……」

「うむ」

「それだけでなく、その女は下に降りるとき、村瀬妙子の洗濯物の下着を黒い風呂敷にでも丸めて抱え、死体の傍に、恰度上から落ちてばらまかれたように、それを適当に散らしたと思うんです」

「なるほど」

警部補は二重にくくれた顎を撫でた。

「これも都合よくゆきました。……しかし、犯罪者はいつもカモフラージュを考えています。死んだ岩瀬幸雄だけが下着犯人だと決めてしまうと、もともと彼はそうではなかったので、あとから不自然な点が出るのではないかと惧《おそ》れました。そこで、下着泥棒と殺人と関連させて捜査を混乱させるため、自分の隣室の星野正子の部屋からも下着を盗んだのです」

「しかし、君、それはどこから入ったのかね？」

「われわれは、星野正子のベランダの下に這い上がった痕跡がなかったことを確認しています。星野正子の隣室にいれば、現《げん》に彼女が鍵を掛けないままロビーの集会に出た隙がありましたよ」

14

「しかし、君の想定している犯人は」と、肥った警部補は暗い遊園地の中にたたずんで言った。「六十二歳だよ。そんな年寄りに浜谷ワカ子のような若い女が殺せるかね？　一方は二十七、八だ。ぴちぴちしている。抵抗すれば、年寄りのほうが負けるに決まっているよ」

七兵衛刑事はしばらく夜のブランコをみつめて黙っていた。

「それはずいぶん考えました」と、彼は口を開いた。「しかし、主任さん、人間は隙を衝かれると、年齢的な条件はさほどの障害にはならないと思いますよ。殊《こと》に風呂ですからね。二人で入っていて、一方が不意に後ろから頸にタオルを捲きつけたとします。入浴中は、人間、不安定な体位になりがちですから、油断した隙を襲われると、体がくずれて力が入らないと思います。犯人は絞めつけておいて頭を湯に沈めたのではないでしょうか。そうしておいてタオルはあとで持ち去ったのだと思います。ここが犯人にとっては伸《の》るか反《そ》るかの決定的な一瞬でした。おそらく、六十二歳の女は必死に上から押えつけたことでしょう。こうなったら、すでに年齢的な条件の相違はなくなっています。われわれはあまりに年齢に囚《とら》われすぎていると思います。六十二歳というと、ひどく年寄りで、よぼよぼしてるように思いがちですが、そういう場合は、案外、力が出るものです」

「……」

「これは外国の例ですが、花嫁を次々に浴槽に沈めては殺したという有名な『浴槽の花嫁』事件は別としても、一八九二年にイギリスのカレイに起こった事件では、八十一歳の老婆が二十八歳の嫁を浴槽に入れて溺死させています。犯人はメアリイ・ランカスターという老婆でしたが、警察では八十一歳の高齢のために全然この姑《しゅうと》を疑うことはせず、過失死として片付けました。原因は、日本でもあることで、溺愛した息子を嫁に奪《と》られたと考えた嫉妬でした。また一九二五年にアメリカのニューオルリーンズに起こった事件では、テレサ・シェファードという六十八歳の老婆が、自宅から二キロ離れた海岸で、一緒に行った近所の十八歳の女をボートから突き落として溺死させています。これは、その娘が老婆を愉しませるためボートに乗せ、自分が漕いでいたのですが、海岸から僅か十メートルのところに来たときその兇行が起こりました。すなわち、テレサは海の中をのぞき込み、下に泳いでいる魚を見つけて、若い娘にそれを見るように誘ったのです。彼女がその通りにして船《ふな》縁《べり》から上体を下に折り曲げたとき、老婆テレサはいきなり娘の脚を摑んで海に抛《ほう》り込みましたが、それだけでは助かると思ったか、一方の脚を摑んで放しませんでした。そして娘を溺死に至らしめたのですが、この犯行がわかったのは、その若い女が水泳ができるのを知られていたからです。泳げるはずなのに、水際から僅か十メートルのところで溺死するとはおかしいというので調査され、遂にテレサ・シェファードは犯人として逮捕されました」

「よく、そんなことを知ってるな？」

「調べたのですよ」

と、七兵衛刑事は鼻翼《こばな》を指でこすった。「このあいだ、『女性犯罪の世界実例』という法医学の先生の書いた本を、近くの図書館から借りて帰りましてね」

「そんな勉強をしているとは思わなかった」

と、肥った警部補は意外そうな顔をした。

「いや、こんなにピッタリ当てはまるとは今まで気づかずにいました。何となく心の奥に引っかかっていたんですね。ワカ子殺しには限りませんよ。村瀬妙子殺しにしても、被害者に油断があれば、体力のない年寄りでもやれないことはないでしょうし、索条溝の問題にしても、被害者が腰を下ろしていて犯人が立っていれば、後ろさがりにはなりません」

「まあ、よかろう」警部補は暗い地面に眼を落として、二、三歩あるいた。

「すると、浜谷ワカ子を、その時間、あの浴場に誘ったのは、その犯人の意志かね？　それでは、ちょっと不自然になるがね。つまり、浜谷ワカ子は犯人を知らないわけだからな」

「その点はですな、ぼくはこう考えるんですよ。犯人と、岩瀬幸雄と、村瀬妙子と、この三人の間接的な共謀説です」

「間接的なというのは、どういう意味だね？」

「それはですな」と、七兵衛刑事はゆっくり説明した。「浜谷は岩瀬に誘われたのです。これは今まで考えた通りです。そして、岩瀬に浜谷ワカ子を誘わせたのは村瀬妙子です。これもこれまでの推定と変わりはありません。犯人が村瀬妙子にそうすることをすすめたのだと思います。この点は、犯人と村瀬妙子との共謀です。ですから、村瀬妙子は、兇行の時間、銀座に友だちと遊びに行って立派にアリバイが作れたのです」

「なるほど、それはわかったが、では、岩瀬幸雄は、その兇行の実際を知っていたのかね？」

「岩瀬はそれは知らないんじゃないかと思います。彼もやっぱり、その年齢的な点で真犯人には気づかなかったと思います」

「ほう。では、彼は誰が浜谷を殺したと思っていたのか？」

「その点ですが、おそらく、村瀬妙子は、やはり自分が浜谷を殺したと言ったのではないでしょうかね。計画通りですから」

「しかし、君、彼女には立派なアリバイが……」

「村瀬妙子は岩瀬に言ったでしょう。あのアリバイは友人に頼んで作ってもらったのだ、実は、あのとき銀座からその時間に抜けて帰り、浴室にいる浜谷ワカ子を殺したというようにね。岩瀬は妙子のその告白を信じて、自分は彼女の共犯者になったつもりでいたでしょう」

警部補はしばらく黙考していたが、

「動機は？」と、七兵衛刑事の真ん前に立ち停まって訊いた。「栗宮多加子が三人を殺す動機は何だ？」

「それはですな、村瀬妙子を本部に呼んだとき、彼女自身の口からヒントが洩れています。つまり、彼女はぼくにこう言っています。……自分の洋裁学校には外国のエチケットを教養科目に入れ、それには外交官夫人だった栗宮多加子さんを委嘱したいと考えています、とね」

「それがどういうヒントだね？」

「もしかすると、村瀬妙子は栗宮にそういう話を持ちかけて、彼女から設立資金の一部として金を取っていたんじゃないでしょうか。村瀬は、その大仰《おおぎょう》な吹聴《ふいちょう》にかかわらず金が無くて苦しんでいたことはほかの証言からでもわかります。いわば、栗宮としては永年溜めた金や、死んだ夫の恩給など村瀬の学校計画に投資していたんじゃないかと思いますね。そこにだんだん村瀬のインチキがわかってきた。つまり、問題の学校が実現するかどうかわからない。栗宮としては金銭面だけでなく、ああいう女ですから、洋裁学校の生徒に外国マナーを教えるのをひどく愉しみにしていたと思うんです。それが彼女の老後の生甲斐だったでしょうからね。それが不可能になったと妙子に聞かされては、物心両方面の打撃はひどかったでしょう」

「なるほど」

「その設立不可能な原因も、村瀬の話を聞くと、岩瀬から大ぶん吸われたためという。これは、栗宮が村瀬妙子を問い詰めて、彼女から告白を聞いたと思うんです。もともと、村瀬妙子も岩瀬幸雄と離れたいと考えていた矢先ですから、二人の間には、岩瀬を消そうという相談が持ち上がったと思います。つまり、栗宮多加子には、夢の破れた復讐です」

「なるほど」

「そこで、その辺の推定は前に返るのですが、村瀬妙子は、岩瀬をだまして浜谷をあの時間に風呂に入るようにさせたと思います。岩瀬は、あんな男ですから、浜谷に連絡をつけて、村瀬妙子の要求通りに彼女を指定の時間に浴室にゆかせました。まあ、岩瀬としてもあんなコールガール上がりの女にはすでに厭《あ》きがきているし、いつまでもまつわられたくない。そんな気持があったから、浜谷が殺されたあともかえって清々《せいせい》していたかもわかりませんね。自分も共犯者ですが、手をくだしたわけではないし、それをタネに妙子からますますしぼれますからね」

「すると、何かい」と、警部補は訊いた。

「岩瀬は浜谷が妙子の計画で殺されるとは、最初考えていなかったのかね？」

「そのへんがぼくにはよくわからないんです。こちらの想像ですから、どうしても細かいことは犯人自身の口から聞くほかはありませんね。まあ、大体の辻褄《つじつま》が合えば、逮捕に踏切っていいと思います」

警部補は黙って車に歩いた。それから七兵衛刑事が座席の横に腰を下ろすと、待っていた運転手に、

「さっきのアパートに戻ってくれ」

と命じた。

車は二十分後にアパートの前に着いた。警部補はそこで降りて、女子部アパートの建物を見上げて大きく息を吸い込んだ。アパートの窓は消灯した部分がかなりふえている。時間にすると、もう九時を回っていた。

警部補は階段を上らず、いったん中庭のほうへ入った。そこから三階を見上げ、隅から三番目の窓を眺めた。その窓はうすい明りが点いている。

それをみつめて警部補は、七兵衛刑事にさっきのつづきを訊いた。

「栗宮多加子は、その犯行のとき、あのボイラー室に隠れていたんだね。そのとき彼女は自分の身なりで、着更えの、例の派手な衣裳は抱えていたわけだな？」

「そうです」

「栗宮は浜谷が一人で浴室に入っているのを見届け、さらに誰も風呂に降りてこないのを知ると、入浴を装って近づき君の言う犯行をやってのけた。そのとき着更えのものはどうしていた？」

「当然、ボイラー室に残していたと思います」

「よろしい。それからいったんボイラー室に走り、例の服を着る。それからボイラー室を出て、廊下で服部和子と出遇った」

「この辺は、本当にイチかバチかの偶然という勝負でした。もし、服部和子が一分でも早く階段を降りたら、ばったりとボイラー室から出てくる栗宮多加子と出遇ったかもしれません。もっとも、栗宮多加子は用心深く足音を聞いてボイラー室に屈《かが》んでいたでしょうから、この可能性はまあうすいわけですが、とにかく、かなり危険度はあったわけです」

「よろしい。そして和子が浴室に入る。栗宮多加子はそれを見すまして途中で引き返すわけだな」

「そうです。このときはまだ誰にも出遇わない。ボイラー室に戻り、また栗宮多加子に返るわけです。脱いだ服装はボイラー室に残し、自分は洗面道具を持って浴室に行く。浴槽の中では何やかやと話しかけて和子が死体を発見するのを待っていたのでしょう。そのうち思ったとおり、和子の足が死体にふれて大騒ぎになるというわけです」

「で、ボイラー室に残したものは？」

「それはあの騒ぎにまぎれて持ち出すぐらい、大してむずかしくもなかったと思います。風呂敷に包んでいれば、洗面道具と一緒に小脇に抱えるとわかりませんからね。第一、あの騒ぎで栗宮多加子みたいなお婆さんを注意する者はいませんでしょう。これが盲点です」

「よし」

と、警部補はうなずいた。彼はもう一度深い息を吸い、七兵衛刑事を促して階段を上って行った。

警部補は三階の三一〇号室をノックした。七兵衛刑事は、ドアに耳をつけて内部の気配を聞いている。彼が警部補に目顔で知らせたのは、内の足音が近づくのを確かめたからである。

「どなた？」

と、栗宮多加子の慇懃な咎《とが》めがドアの間から洩れた。

警部補が名前を告げると、

「まあ、よくいらっしゃいました」

と、ドアがいそいそと開かれ、多加子の愛想のいい全身が現われた。背の低い、六十二歳の老婆である。警部補に迷いが起こった。

「夜ぶんに、また、お邪魔をします」

警部補は思わず鄭重な挨拶をした。丁寧さにかけては栗宮多加子には年季が入っている。彼女は二人を部屋の奥に通した。どの部屋も区画は同じだが、飾りつけでずいぶんと違った印象になっている。ここは他の部屋に造られている華やかな雰囲気の代わりに、元外交官夫人だった壁間の写真にすべての飾りつけが統一されてるようだった。地味で高尚な色彩の下にかつて華やかだった生活の荒廃が静かに漂っていた。

「まあまあ、いつもご苦労さまでございます。少々お待ちくださいまし。ただ今お茶でも淹《い》れてまいります」

栗宮多加子は、まるで珍客を迎えたように鄭重に取り扱い、しかも、独り住まいのところに客が来たという張切りを見せていた。

「奥さん、どうぞお構いなく」警部補は止めた。「われわれはすぐに失礼しますから」

警部補がへんな挨拶をしたので、七兵衛刑事の眼が彼のほうに光った。

「実は、その、奥さん、この前からいろいろと起こったふしぎな事故を、ちょっとお伺いしに来たのですがね」

「あら、そうですか。それは、まあ、たびたびご足労をかけます。はい、わたくしの知っていることなら何でも申しあげますが、どんなお訊ねでございましょうか？」

「率直に申しまして、奥さんは村瀬妙子さんの学校設立にいくらか金銭的な面で協力なすっていらしたんじゃないでしょうか。この点をお伺いしたいんです」

「はい、そのことですか。わたくしはあの方に約百五十万円ほどご融通しております。それは、学校ができた際わたくしを理事にしてくださるということなので、まあ、亡くなった夫《つれあい》の恩給などを貯めまして協力したのでございます」

「ははあ。で、村瀬さんはああいうふうな不幸な死に方をなされたのですが、その前に問題の学校設立は実現性があったのですかね？」

「それが、あなた、村瀬さんもいろいろな事情があって、とうてい見込みがないことがわかりました。わたくしは百五十万円を、つまり、その、下世話に言うドブに棄てたようなものでございます」

　栗宮多加子の優雅な顔つきには感情がなかったが、その指先は怒りで小さく慄《ふる》えていた。人前にはあまり自分の喜怒哀楽を示さないのが高貴な教養らしかった。

「その点ですが、村瀬さんには岩瀬君という恋人があったのをご存じですか？」

　警部補としては肝心カナメの質問だったが、栗宮多加子はケロリとした表情で軽くそれを承認した。

「はい。あの方は何でもわたくしにお話しくださいましたから、それはよく知っております。ただ、村瀬さんの名誉のために、わたくしは今まで他人には何も言っておりません」

　警部補は内心で戸惑いながら、

「では、その岩瀬君が妙子さんの金を大ぶん掠《かす》め奪《と》って、そのために学校の設立ができなかったこともご存じでいらっしゃるわけですね？」

「あら、まあ」と、彼女は大仰に嘆称《たんしょう》した。

「さすがに警察でございますね。何もかもよくお調べで……全くその通りでございます。村瀬さんも悪い男に喰いつかれたものです。わたくしは本当に村瀬さんにも同情しております」

「あなたは、そのことで岩瀬君に対して恨みを持っていらっしゃいませんでしたか？　つまり、妙子さんも妙子さんだが、岩瀬のような男がいたばかりに、あなたの百五十万円もドブの中に棄てた結果になったわけですからね」

「はい。岩瀬さんはひどい人です。わたくしが腹を立てているのは確かでございますよ」

「失礼します」と、横の七兵衛刑事が突然起ち上がった。「奥さま、ちょっと、この部屋の中を捜させていただいてよろしゅうございますか？」

「おや、何かわたくしにご不審でもかかっているのでございますか？」

その言葉と違い、彼女の表情はゆったりとしていた。

「はあ、奥さん、実は、あなたに浜谷ワカ子と村瀬妙子の殺人容疑と、岩瀬幸雄殺しの共犯者の嫌疑がかかっているんです」

「わたくしがでございますか」多加子は愕《おどろ》きも見せないで言った。「どうしてそんなことをお考えになったのでございますか？」

「奥さん、村瀬妙子さんはボイラー室で殺されていました。あの日は風呂が休みです。そして、村瀬妙子さんをあのボイラー室に誘えるのは、このアパート中で奥さんだけです。奥さんは、そこで村瀬さんとこっそり密談をしたかったのでしょう。

いや、その密談にこと寄せて妙子さんをあなたが殺したのだと思います。用意してきたロープでね」

栗宮多加子は長いこと黙っていたが、微笑したまま傍らの整理ダンスの前に近づいた。そのいちばん下の抽出しを鍵であけると、丁寧にたたんだ下着類をごっそりと床の上に取り出した。

「ごらんください。これがお隣の星野正子さんの盗まれた下着です。きれいなレースが付いていますけれど、あの方、洗濯の仕方が悪いとみえて、よく落ちていませんわ」

それから、さらにその下から一本のナイロンの白い紐を取り出して見せた。

「刑事さん、これで岩瀬さんをあのベランダから吊り降ろしましたの。それから、村瀬さんの頸もこれで捲きつけましたわ」

彼女は淡々と語ってそれらの品をそこに並べた。

「刑事さん、わたくし、もう、この牢獄のようなアパートは、ほんとに厭気がさしましたの。今度こそは本当の牢獄に行ってみたいと思いますわ。そしたら、もっと女囚同士の人間的なふれ合いがあると思うんです。こんな、お互いが寂しいくせに、体裁と、嘘つきと、陥《おとしい》れあっているような、見せかけの牢獄は厭になりました。

持っていたお金もきれいになくしましたしね……。刑事さん、刑務所に行ったら、美しい造花の仕事があるんですってね。わたくしをそっちのほうへ回してくださるよう検事さんに頼んでいただけませんか。わたくし、バラの造花づくりを、戦前、学習院のお嬢さま方にお教えしたことがありますのよ」

解説

山前《やままえ》　譲《ゆずる》
（推理小説研究家）

南麻布の高台にあるその家はフランス風で、白亜とクリーム色が壁違いにあって適度に調和していた。門の鉄格子には紋章がはまり、玄関までは十五段くらいの赤煉瓦の段を昇る。その左右にはキャラノキが緑の帯をしいていた。

まさにお屋敷という雰囲気を漂わせている家を、大学で法制史を教えている山根《やまね》が訪れたのは、折に触れて買っていたロシアの東洋研究書の古書が、そこから出たと知ったからである。もっとも所有者であった青年はすでに亡くなっていたのだが、まだ保存しているものがあるかもしれないと、連絡を取ってみたのだ。

青年の父母、そして未亡人の幸子《ゆきこ》が歓待してくれた。好意に甘えて一冊の本を借り出すことにした山根だったが、ちょうど客間《サロン》に集《つど》っていた青年たちを紹介されて戸惑いを覚える。幸子と楽しげに談笑している彼らに……。

光文社文庫の〈松本清張プレミアム・ミステリー〉はこれまで三十作近く刊行さ

れている。膨大な数の松本清張作品群からすれば、もしかしたら氷山の一角かもしれないが、多彩な味わいを堪能できたことだろう。そしてさらに、対照的な展開である二中編を収録した本書を最初に、就職したばかりの若い女性がさまざまなトラブルに直面する『翳った旋舞』と『紅い白描』、そしてヨーロッパを舞台にしてダイナミックに展開する『霧の会議』と、四作品が加わる。

表題作である「高台の家」は学究の徒が、一種の閉塞空間である高台の家のサロンに謎解きの興味をそそられていく。そこには謎めいたアトモスフィアが満ちていた。そして最後には、彼を驚愕させる事件が待っているのだ。

「獄衣のない女囚」も一種の閉塞空間で起こった事件である。だが、雰囲気はまったく違う。そこは人気の公営の独身アパートで、女子専用と男子専用の二棟に分かれている。ある夜、その女子アパートの地下にある浴槽の底に死体が横たわっていた。他殺で、死因は絞殺だった。さらにそのアパートで事件が続く。刑事たちは牢獄のような建物に交錯する思惑を繙《ひもと》き、真相に迫っていく。女子専用のアパートというと、江戸川乱歩賞受賞作の戸川昌子《とがわまさこ》『大いなる幻影』（一九六二）が思い浮かぶが、ここでも女性心理の綾が推理を二転三転させている。

「高台の家」と「獄衣のない女囚」はいずれも、松本作品ならではの連作のなかの一編として発表されたものだ。「高台の家」は〈黒の図説〉の第十二話として「週刊朝日」に連載された（一九七二・十一・十〜十二・二十九）。「獄衣のない女囚」は〈別冊黒い画集〉の第三話として「週刊文春」に連載された（一九六三・七・十五〜十・十四）。

一九五九年から翌年にかけて光文社から刊行された『黒い画集』全三冊は、数多い松本作品のなかでも特筆されるものだろう。「週刊朝日」で一年九か月にわたって連載されたのだが（「天城越え」のみ「サンデー毎日」に掲載）、長さもさまざま、彩りもさまざまな推理小説の集合体が「黒」というイメージを作り上げていた。連作といってもべつに探偵役が一緒というわけではなく、舞台が共通しているわけではなく、そして推理小説としての趣向が共通しているわけでもない。けれど、作品全体を通して人間に、そして社会に向けられた作者の視線を感じ、読者自身がひとつのイメージを抱くのである。

もともとは短い物語をいくつか書いてみないかというのが編集長の依頼だった。したがって一編が二、三回程度で完結するつもりだったけれど、実際には四百字詰め原稿用紙で八十枚から百五十枚程度の作品が多い。〝推理小説は普通の小説と違って、前段に数々の伏線を張りめぐらさなければならない。それでなければ終局の効果が薄いからである。短編小説の効果は、一つの焦点にすべてを集中させることにある。だが、推理小説では、さらに、さりげない伏線や、読者に効果的な、わざとらしい錯誤を付加しなければならない。すると、どうしても枚数はふえてくるわけである〞とは、第三集の巻末にある「『黒い画集』を終わって」で語られている創作意図だ。

そこでは次のようにも述べられていた。

私の最初のもくろみは、これらの短編を綴ってゆくのに各編にバラエティを持たせたいと思った。たとえば、一つが本格的なものならば、次の一つはその反対の味を狙ったもの、次は、また本格ものに近いものというふうに考えた。これは、全体が単色になると読者が退屈するからであり、書いている作者自体も退屈するからだ。作者が退屈しないで書けば、読者も決して退屈しないと私は信じている。

と同時に、週刊誌での連載というスタイルは長さをフレキシブルなものにした。展開によっては当初の構想と違って長くなることもあっただろう。だが、小説誌の依頼のように、あらかじめ一編百枚といった制限はない。作者はそんな自由な創作手法に手応えを得たようである。一九六二年末から〈別冊黒い画集〉を「週刊文春」に連載したが、連載前の「作者の言葉」（「週刊文春」一九六二・十二・二十四）ではこう述べていた。

私は前にある週刊誌に「黒い画集」というのを書いた。はじめサマセット・モームの「コスモポリタン」のひそみにならうつもりだったが、モームのものは、小説というよりも随筆的なものが多い。

随筆ならこの形式でもいけるが、小説となれば枚数がおさまらない。従って、作品本位にして、短い短篇と短い長篇とをまぜた連作ができた。

私にとって気持ちのいい仕事であった。いつか、このようなものを続けて書きたいと思っていたところ、本誌から紙面の提供があった。ただし、同じ仕事の延長ではつまらないから、今度は連作とはやや違った味を出したいと思う。すなわち、別冊と名付けた所以である。

モームの『コスモポリタンズ』は月刊誌「コスモポリタン」に読み切りで掲載された短編をまとめたものだが、前述のように、〈黒い画集〉では枚数的にそれに倣って書くことはできなかった。

この〈別冊黒い画集〉では、短編という意識すらなくなっていたようである。第一話の「事故」以下、「熱い空気」、「獄衣のない女囚」、「形」、「陸行水行」、「断線」、「寝敷き」と七話が連なったが、いずれも短編とは言えない作品である。

さらに一九六七年一月から「週刊朝日」で〈黒の様式〉がスタートする。「歯止め」、「犯罪広告」、「微笑の儀式」、「二つの声」、「弱気の虫」(「弱気の蟲」と改題)、「霧笛の町」(「内海の輪」と改題)と全六話が一年十か月にわたって書かれたなかには、長編も含まれていたのだ。光文社文庫の〈松本清張プレミアム・ミステリー〉からは、『弱気の蟲』(「二つの声」と「弱気の蟲」を収録)と『内海の輪』が刊行されている。

そして一九六九年三月からやはり「週刊朝日」でスタートした〈黒の図説〉の連載は、三年九か月にも及んだ。連載前の「作者のことば」(「週刊朝日」一九六九・三・十四)ではこう述べている。

本誌には「黒い画集」を第一回、「黒の様式」を第二回として推理小説の中短編の連作を書いてきた。後者は私の急な海外旅行と急病などの故障のためにいくらか中絶の感じとなった。作者としても不本意である。ここに第三部の連作に入る。

連作とはいえ、それぞれが違ったニュアンスを出してゆきたい。実験も試みたい。この「黒」は、赤や、青、白、緑、紫、水色、淡紅さまざまの色彩の凝集でもある。

「黒」は人間の心や社会のダークサイドを象徴しているだけではなく、色違いの物語の集合体ということも意味していたのだ。実際、「速力の告発」、「分離の時間」、「鴎外の婢」、「書道教授」、「六畳の生涯」、「梅雨《ばいう》と西洋風呂」、「聞かなかった場所」、「生けるパスカル」、「遠い接近」、「山の骨」、「表象詩人」、「高台の家」と書き継がれていった連作はヴァラエティに富んでいる。そしてここにも長編が含まれていた。〈松本清張プレミアム・ミステリー〉からは、『分離の時間』(「速力の告発」と「分離の時間」を収録)、『鴎外の婢』(「鴎外の婢」と「書道教授」を収録)、『梅雨《ばいう》と西洋風呂』、『生けるパスカル』(「六畳の生涯」と「生けるパスカル」を収録)、『表象詩人』(「山の骨」と「表象詩人」を収録)が刊行されている。「色彩の凝集」という作者の創作意図は実感できたに違いない。

そうした連作のなかから、〈別冊黒い画集〉の「獄衣のない女囚」と〈黒の図説〉の「高台の家」を収録しての『高台の家』は、一九七六年五月に文藝春秋より刊行された。カッパ・ノベルス（一九七七・六）、文春文庫（一九七九・三）、PHP文芸文庫（二〇一一・七）としても刊行されている。また、「高台の家」は文藝春秋版『松本清張全集39』（一九八二・十一）と中央公論社版『松本清張小説セレクション30』（一九九六・二）にも収録された。

松本作品では事件の動機に焦点が当てられているのが大きな特徴だが、独特の雰囲気が漂う高台の家で育《はぐく》まれていくサスペンスの結末と、多くの独身女性が暮らすアパートにさまざまな思いが絡み合うなかで起こった不可解な事件の謎解きもまた、動機が意外な結末を演出している。それははたしてどんな色に見えるだろうか。

二〇一一年七月　ＰＨＰ文芸文庫刊

※「高台の家」本文中、一九世紀の文献を指す場面で「支那」「シナ」、女性の職業を表記する部分で「女中」「看護婦」などの呼称が使用されています。また、糖尿病の原因や治療法について表記した部分は、現在の知見からすると、誤解を招きかねない古い概念も用いられています。

「獄衣のない女囚」本文中には、「精神病院」「養老院」「看護婦」「雑役夫」「オールドミス」など、今日の観点からすると不快・不適切とされる用語が使用されています。また、女性や、女性同士の同性愛を忌避する意味合いで、「どうしてそんなに下品なほうに気を回すんでしょう」など、揶揄や差別的な表現が用いられています。

しかしながら編集部では、本作が成立した一九七二年（昭和四七年・「高台の家」）、一九六三年（昭和三八年・「獄衣のない女囚」）当時の時代背景、および作者がすでに故人であることを考慮した上で、これらの表現についても底本のままとしました。それが今日ある人権侵害や差別問題を考える手がかりになり、ひいては作品の歴史的価値および文学的価値を尊重することにつながると判断したものです。差別の助長を意図するものではないということを、ご理解ください。【編集部】

光文社文庫

傑作推理小説

高《たか》台《だい》の家《いえ》　松本清張《まつもとせいちょう》プレミアム・ミステリー

著者　松《まつ》本《もと》清《せい》張《ちょう》

2019年4月20日　初版1刷発行

発行者　鈴木広和
印刷　堀内印刷
製本　榎本製本

発行所　株式会社　光文社
〒112-8011　東京都文京区音羽1-16-6
電話（03）5395-8149　編集部
8116　書籍販売部
8125　業務部

落丁本・乱丁本は業務部にご連絡くだされば、お取替えいたします。
ISBN978-4-334-77833-0　Printed in Japan

組版　萩原印刷